いじめ

—行き止まりの季節—

武内昌美／著
五十嵐かおる／原案・イラスト

★小学館ジュニア文庫★

登場人物《とうじょうじんぶつ》

亜月《あつき》／成績優秀《せいせきゆうしゅう》な中学三年生《ちゅうがくさんねんせい》

芽衣《めい》／亜月《あつき》のクラスメイト

麻友美《まゆみ》／亜月《あつき》のクラスメイト

絵美里《えみり》

雪音《ゆきの》

恵麻《えま》

プロローグ

春《はる》にもかかわらず、その部屋《へや》に入《はい》ると、亜月《あつき》はヒヤリと冷《つめ》たい空気《くうき》を感《かん》じた。

そこは学校《がっこう》の教室《きょうしつ》くらいの広《ひろ》さで、三分《さんぶん》の二《に》ほどの席《せき》が埋《う》まっているが、皆《みな》静《しず》かに黙々《もくもく》と勉強《べんきょう》をしている。亜月《あつき》に目《め》をくれる者《もの》は、ひとりもいない。

…負《ま》けるもんか。

亜月《あつき》はキュッと唇《くちびる》を結《むす》ぶと、空《あ》いている席《せき》に座《すわ》り、みんなと同《おな》じように問題集《もんだいしゅう》を開《ひら》いた。

ここにいるのは、みんな敵《てき》……こいつらに勝《か》てば、あたしは合格《ごうかく》するんだ。

高校受験《こうこうじゅけん》の進学塾《しんがくじゅく》の一室《いっしつ》は、青《あお》い炎《ほのお》のように、冴《さ》え冴《ざ》えと燃《も》えていた。


「亜月《あつき》、いよいよ三年《さんねん》だからね」

春休《はるやす》み、学校《がっこう》より一足早《ひとあしはや》い塾《じゅく》のスタートの朝《あさ》。

ダイニングテーブルの上《うえ》にサラダとハムエッグの乗《の》った皿《さら》を置《お》きながら、母《はは》が硬《かた》い声《こえ》で言《い》った。

「今《いま》までみたいに、学校《がっこう》の勉強《べんきょう》だけしてればいいってわけにはいかないからね。これからは、浦一《うらいち》に受《う》かるために、必死《ひっし》にならなきゃだめよ」

「分《わ》ってるよ」

「浦一《うらいち》の理数科《りすうか》は、どの学校《がっこう》より医学部《いがくぶ》の進学率《しんがくりつ》が高《たか》いんだから。T大《ティーだい》の医学部《いがくぶ》に行《い》ったんだからね。あなたに行《い》かれないはずないんだから。お父《とう》さんも、浦一《うらいち》から父《とう》さんの子《こ》なんだからね」

「はいはい」

「塾《じゅく》でも、浦一受験《うらいちじゅけん》コースに入《はい》れたんだから、ちゃんと力《ちから》があるはずなんだからね。しっかり勉強《べんきょう》して、おじいちゃまの病院《びょういん》を継《つ》げるように……」

ダイニングテーブルに差《さ》し込《こ》む朝日《あさひ》に、母《はは》の話《はなし》が溶《と》けていく。コクコクとうなずきながら、亜月《あつき》は今日《きょう》の卵《たまご》は固《かた》いなとか思《おも》いつつ朝食《ちょうしょく》を口《くち》に運《はこ》んでいた。

母《はは》の話《はなし》は、耳《みみ》だこだ。浦一《うらいち》とは、県立浦林第一高等学校《けんりつうらばやしだいいちこうとうがっこう》で、県内《けんない》で一番《いちばん》の進学校《しんがくこう》だ。都《と》内《ない》の有名私立校《ゆうめいしりつこう》を押《お》しのけて国公立大《こっこうりつだい》、特《とく》に理数科《りすうか》は医学部《いがくぶ》への進学率《しんがくりつ》が非常《ひじょう》に高《たか》いため、昔《むかし》から有名《ゆうめい》な超難関校《ちょうなんかんこう》なのだ。亜月《あつき》の父《ちち》は亜月《あつき》と同《おな》じ浦林西中《うらばやしにしちゅう》を卒業《そつぎょう》した後《あと》、浦一《うらいち》をトップで卒業《そつぎょう》し、国立T大学《こくりつティーだいがく》の医学部《いがくぶ》に入《はい》った。今《いま》は市立病院《しりつびょういん》で外科医《げかい》として働《はたら》きながら、実《じっ》家《か》で開《ひら》いている加藤《かとう》クリニックでも診察《しんさつ》を行《おこな》っている。母《はは》は、その父《ちち》のようになれと言《い》っているのだ。

言《い》われなくても、そうするつもり。

母《はは》の言葉《ことば》を途中《とちゅう》で切《き》るとうるさいので、亜月《あつき》は心《こころ》の中《なか》で思《おも》った。

母《はは》は、亜月《あつき》を医者《いしゃ》にすることで、自分《じぶん》がちゃんと子育《こそだ》てをしたと、父方《ちちかた》の祖父母《そふぼ》に見《み》せたいだけだ。でも、母《はは》に言《い》われなくてもちゃんと医者《いしゃ》になってみせると、亜月《あつき》は思《おも》っている。

それが、自分《じぶん》の人生《じんせい》、運命《うんめい》だと。

医者《いしゃ》の家《いえ》に生《う》まれた……それはつまり、自分《じぶん》は生《う》まれながらに選《えら》ばれた人間《にんげん》なのだということだ。人《ひと》よりすぐれ、尊敬《そんけい》される、そんな人間《にんげん》であるということ。

この受験《じゅけん》は、そのための最初《さいしょ》のステップ。

これから、勉強勉強《べんきょうべんきょう》で息《いき》つく暇《ひま》もない日々《ひび》が始《はじ》まる。戦《たたか》いの日々《ひび》だ。

絶対《ぜったい》、勝《か》ち抜《ぬ》いてみせる。

塾《じゅく》の教室《きょうしつ》には、どんどん生徒《せいと》が入《はい》ってきて、黙《だま》って席《せき》に着《つ》いて勉強《べんきょう》を始《はじ》める。

それはまるで知識《ちしき》という刃《やいば》を磨《みが》く、戦《たたか》いの準備《じゅんび》のようだ。

絶対《ぜったい》、負《ま》けない。

数学《すうがく》の問題《もんだい》を解《と》きながら、亜月《あつき》は思《おも》った。

絶対《ぜったい》、誰《だれ》にも負《ま》けるもんか。

一

「おはよー！」

「同《おな》じクラス、なれたねー！」

学校《がっこう》の昇降口《しょうこうぐち》には、春《はる》らしい明《あか》るい笑顔《えがお》があふれている。

今日《きょう》から、学校《がっこう》でも新学期《しんがっき》が始《はじ》まった。掲示板《けいじばん》に貼《は》られた新《あたら》しいクラス名簿《めいぼ》を見《み》た生徒《せいと》たちが、それぞれ進級《しんきゅう》した学年《がくねん》で自分《じぶん》の靴箱《くつばこ》を探《さが》し、上履《うわば》きに履《は》き替《か》えて入《はい》っていく。

「加藤《かとう》さん、おはよー！」

外靴《そとぐつ》を入《い》れた時《とき》ポンと肩《かた》を叩《たた》かれ、亜月《あつき》は振《ふ》り返《かえ》った。二年《にねん》の時同《ときおな》じクラスだった佐野《さの》麻友美《まゆみ》が、満面《まんめん》の笑顔《えがお》で立《た》っている。正直《しょうじき》、彼女《かのじょ》は苦手《にがて》なクラスメートだ。「おはよう」と言《い》って廊下《ろうか》に行《い》こうとすると、麻友美《まゆみ》も亜月《あつき》に並《なら》んで歩《ある》き始《はじ》めた。

「また同《おな》じクラスだね！　三年《さんねん》でも、よろしくね！」

「うん」

亜月《あつき》は麻友美《まゆみ》の方《ほう》は見《み》ず、短《みじか》く答《こた》えた。よろしくというのは、また宿題見《しゅくだいみ》せてねということだろう。二年《にねん》の時《とき》、「ねえねえ、英語《えいご》と数学《すうがく》の宿題《しゅくだい》、やった？」ともみ手《て》をしながら亜月《あつき》のところに来《く》るのが、麻友美《まゆみ》の毎朝《まいあさ》の日課《にっか》だったのだ。「英語《えいご》とか数学《すうがく》とか、チョー難《むずか》しいのに、加藤《かとう》さんよく出来《でき》るよね、すごいよねー」というのが、いつも貸《か》したノートを返《かえ》しに来《く》る時《とき》の言葉《ことば》だ。

お礼代《れいが》わりなのだろうけど、亜月《あつき》はばかじゃないかと思《おも》う。そうやって人《ひと》のノートばっか見《み》て勉強《べんきょう》しないから、分《わ》からないんじゃん。

きゃあきゃあと楽《たの》しそうな声《こえ》を上《あ》げながら、以前亜月《いぜんあつき》たちが使《つか》っていた二年《にねん》の靴箱《くつばこ》から、新二年生《しんにねんせい》たちが走《はし》り出《で》てくる。それを見《み》ながら、麻友美《まゆみ》はうらやましそうに「あーあ、あの頃《ころ》に戻《もど》りたいわー」と言《い》った。

「いよいよ中三《ちゅうさん》じゃん。受験《じゅけん》、あー気《き》が重《おも》ーい。これから受験地獄《じゅけんじごく》、内申地獄《ないしんじごく》だよー」

ねえ、と言《い》われてとりあえずうなずく。別《べつ》に麻友美《まゆみ》のように考《かんが》えたことなどなかったが、一応同意《いちおうどうい》しておく方《ほう》がこの場《ば》はいいと思《おも》った。しかしそんな亜月《あつき》の肩《かた》を麻友美《まゆみ》はまた叩《たた》き、

「加藤《かとう》さんはいいよねー、頭《あたま》いいから、内申点《ないしんてん》なんて気《き》にすることないからさー」

なら聞《き》くなよ。亜月《あつき》は気付《きづ》かれないようにうんざりとため息《いき》をついた。

そんな亜月《あつき》など気《き》にもとめず、階段《かいだん》をノロノロ上《のぼ》りながら麻友美《まゆみ》は続《つづ》けた。

「内申《ないしん》かー…マジうざー。提出物《ていしゅつぶつ》とか宿題《しゅくだい》とかきちんと出《だ》す他《ほか》にも、ボランティアに参加《さんか》しなきゃとかさー。いい子《こ》じゃないと高校《こうこう》は採《と》ってくんないってことー？」

その一面《いちめん》もあるのだろう。亜月《あつき》の住《す》む地域《ちいき》では、公立高校《こうりつこうこう》を受験《じゅけん》する場合《ばあい》は、入試《にゅうし》の点《てん》数《すう》の他《ほか》に、内申点《ないしんてん》と呼《よ》ばれる、受験生《じゅけんせい》の日頃《ひごろ》の学校《がっこう》での様子《ようす》を各中学《かくちゅうがく》が点数化《てんすうか》したものも、合否《ごうひ》の判断材料《はんだんざいりょう》になるのだ。場合《ばあい》によっては、合否判断《ごうひはんだん》の割合《わりあい》が入試《にゅうし》の点数《てんすう》五割《ごわり》、内申点《ないしんてん》五割《ごわり》とも言《い》われているので、バカにならないどころか内申点《ないしんてん》を稼《かせ》ぐのに必死《ひっし》にならなくてはならない。提出物《ていしゅつぶつ》は期限内《きげんない》に出《だ》し、宿題《しゅくだい》は完璧《かんぺき》にこなし、委員会《いいんかい》に真面目《まじめ》に参加《さんか》し、部《ぶ》活《かつ》で活躍《かつやく》し、ボランティア活動《かつどう》に精《せい》を出《だ》す……そんな、完全無欠《かんぜんむけつ》な優等生《ゆうとうせい》を目指《めざ》さなくては。

麻友美《まゆみ》のため息《いき》を聞《き》きながら、ご苦労様《くろうさま》と亜月《あつき》は思《おも》った。だって、あたしには関係《かんけい》ない。いい子《こ》なんて、なんの役《やく》にも立《た》たないのに。勉強《べんきょう》が出来《でき》ないと、意味《いみ》ないじゃない。あたしは、勉強《べんきょう》だけで勝負《しょうぶ》出来《でき》るから、良《よ》かったわ。

新《あたら》しいクラスは、三年A組《さんねんエーぐみ》だ。階段《かいだん》のすぐ横《よこ》にある引《ひ》き戸《ど》はもう開《あ》け放《はな》たれて、ガヤガヤとしゃべる声《こえ》が聞《き》こえてきた。

「おはよー、マユー」

「あ、リッタン！　おはよー」

手《て》を振《ふ》る麻友美《まゆみ》の方《ほう》に、リッタンこと大川梨津子《おおかわりつこ》が笑《わら》いながら寄《よ》ってきた。また同《おな》じクラスだねー、とかいうおしゃべりが、聞《き》く気《き》もない亜月《あつき》の耳《みみ》に入《はい》ってくる。

「あのさー、アイツも一緒《いっしょ》だよ」

梨津子《りつこ》の声色《こわいろ》が低《ひく》く変《か》わったことに、亜月《あつき》はふと気付《きづ》いた。

「えー、アイツって、ひょっとして『クサイ』？」

「そお！」

「マジでー？　うわー、サイアク!!」

サイアクと言《い》いながら、さも楽《たの》しそうにふたりは笑《わら》った。何《なに》……？　と思《おも》って眉《まゆ》をひそめると、そんな亜月《あつき》の表情《ひょうじょう》を素早《すばや》く見《み》て取《と》って、麻友美《まゆみ》が耳打《みみう》ちしてきた。

「あのね、『クサイ』って、あそこの窓際《まどぎわ》のヤツ」

麻友美《まゆみ》と梨津子《りつこ》の見《み》る方《ほう》に目《め》をやると、そこには窓際《まどぎわ》の席《せき》でひとりで本《ほん》を読《よ》んでいる少女《しょうじょ》がいた。ザワザワと周囲《しゅうい》が笑《わら》いさざめく中《なか》、そこだけぽっかりと楽《たの》しい空気《くうき》に空《あ》いた穴《あな》のようだ。ひとりぼっち、という言葉《ことば》、その通《とお》りの様子《ようす》。

「アイツね、草野芽衣《くさのめい》。あたし一年《いちねん》の時《とき》一緒《いっしょ》だったんだけど、すっごいクサイの。だから、『クサイ』」

「クサイって、なんで？」

「家《いえ》が、貧乏《びんぼう》なんだって」

「お父《とう》さんが借金作《しゃっきんつく》って夜逃《よに》げしたんだって」

梨津子《りつこ》が口《くち》を挟《はさ》んでくる。噂話《うわさばなし》や悪口《わるくち》が、何《なに》より好《す》きそうな感《かん》じだ。

「それで、貧乏《びんぼう》で高校《こうこう》にも行《い》けないって話《はなし》だよ」

「ふうん」

うなずきはしたが、正直亜月《しょうじきあつき》には全《まった》く興味《きょうみ》のない話《はなし》だった。世《よ》の中《なか》には平均《へいきん》というものがある。平均《へいきん》を割《わ》り出《だ》すには、亜月《あつき》のように恵《めぐ》まれた者《もの》がいるのなら、貧乏《びんぼう》な者《もの》もいなくてはならないだろう。そんなの、特別《とくべつ》なことでもなんでもないじゃない。

いちいちそんなことに反応《はんのう》して、バカみたい。

亜月《あつき》は芽衣《めい》から視線《しせん》を外《はず》し、自分《じぶん》の席《せき》を探《さが》して座《すわ》った。芽衣《めい》のふたつ前《まえ》の席《せき》だったが、もう亜月《あつき》の頭《あたま》の中《なか》から芽衣《めい》のことは消《き》え去《さ》っていた。


ピリピリした空気《くうき》は塾《じゅく》だけかと思《おも》っていたら、さすが三年《さんねん》にもなると、学校《がっこう》の教室《きょうしつ》もどこか緊張《きんちょう》した雰囲気《ふんいき》になってきていた。

みんなの仲《なか》が悪《わる》いわけではない……おしゃべりはするし、笑《わら》いもする。しかし、みんなどこか気《き》を張《は》っている。それがはっきりと分《わ》かったのは、委員決《いいんぎ》めの時《とき》だった。

「クラス委員《いいん》は、加藤《かとう》さんがいいと思《おも》います」

麻友美《まゆみ》の一言《ひとこと》で、女子《じょし》のクラス委員《いいん》は亜月《あつき》に決《き》まった。亜月《あつき》が推薦《すいせん》されたら、内申《ないしん》のために立候補《りっこうほ》したいほかの者《もの》がいてもあきらめるに決《き》まっている。亜月《あつき》は、うっすらと気付《きづ》いていた。

麻友美《まゆみ》は、他《ほか》のクラスメートがクラス委員《いいん》をやることで、高《たか》い内申点《ないしんてん》をその者《もの》が手《て》にすることを阻止《そし》したかったのだ。自分《じぶん》とそう変《か》わらない成績《せいせき》の人間《にんげん》にクラス委員《いいん》をやられて内申《ないしん》で差《さ》を付《つ》けられるくらいなら、せめてぶっちぎりの秀才《しゅうさい》にやらせようと、亜月《あつき》を推薦《すいせん》したに違《ちが》いない。男子《だんし》のクラスメートも、亜月《あつき》と成績《せいせき》を張《は》り合《あ》う秀才《しゅうさい》が同《おな》じように推薦《すいせん》されたから、この考《かんが》えは間違《まちが》っていないように思《おも》えた。

委員決《いいんぎ》めの司会進行《しかいしんこう》が、担任《たんにん》からクラス委員《いいん》になった亜月《あつき》たちに引《ひ》き渡《わた》された。そして担任《たんにん》は後《あと》を委員《いいん》に任《まか》せ、教室《きょうしつ》から出《で》ていった。

「じゃ、他《ほか》の委員《いいん》を決《き》めていきます。まずは整美委員《せいびいいん》……」

亜月《あつき》が言《い》うと、数人《すうにん》が一斉《いっせい》に手《て》を挙《あ》げた。

整美委員《せいびいいん》など、花壇《かだん》の手入《てい》れや池《いけ》の清掃《せいそう》など夏休《なつやす》みも駆《か》り出《だ》されることがあり、いつもならなり手《て》がなかなかいない嫌《きら》われ委員《いいん》なのに……内申点《ないしんてん》のために、みんな必死《ひっし》だな。

「はい、じゃあジャンケンして」

みんな必死《ひっし》な顔《かお》をしてジャンケンする……そんなことが、放送委員《ほうそういいん》、保健委員《ほけんいいん》など、あらゆる委員決《いいんぎ》めで行《おこな》われた。亜月《あつき》は、おやと思《おも》った。ジャンケンの中《なか》に、意外《いがい》にも草野芽《くさのめ》衣《い》が入《はい》っているのだ。窓際《まどぎわ》で本《ほん》を読《よ》んでいる時《とき》と違《ちが》う、真剣《しんけん》な表情《ひょうじょう》で。そしてその表情《ひょうじょう》が、笑顔《えがお》に変《か》わった。

「やった！」

図書委員決《としょいいんぎ》めのジャンケンを勝《か》ち抜《ぬ》き、芽衣《めい》がチョキの手《て》を高《たか》く差《さ》し上《あ》げた。笑顔《えがお》いっぱいに。

あ、違《ちが》う、と、亜月《あつき》は思《おも》った。他《ほか》の委員《いいん》に選《えら》ばれたクラスメートたちは、選《えら》ばれたことに安心《あんしん》した表情《ひょうじょう》を見《み》せただけだった。これで内申点《ないしんてん》が上《あ》がるかも、ということへの安心《あんしん》。しかし芽衣《めい》の喜《よろこ》びようは……そうだ、この子《こ》、本《ほん》が好《す》きなんだっけ。本当《ほんとう》に本《ほん》の側《そば》にいたいんだな。

今《いま》までの計算《けいさん》づくの委員決《いいんぎ》めに冷《つめ》たい目《め》を向《む》けていた亜月《あつき》は、少《すこ》し心《こころ》が温《あたた》かくなるのを感《かん》じた。

「はい、じゃ図書委員《としょいいん》は草野《くさの》さんね」

「ちょっと待《ま》ってよ、後出《あとだ》しでしょ、今《いま》の！」

黒板《こくばん》に芽衣《めい》の名前《なまえ》を書《か》こうとしたところを、大声《おおごえ》が遮《さえぎ》った。最後《さいご》に芽衣《めい》と一騎《いっき》打《う》ちの対決《たいけつ》をした飯田《いいだ》いずみが、真《ま》っ赤《か》な顔《かお》で立《た》ち上《あ》がっている。前《まえ》のめりになっている顔《かお》は、必死《ひっし》すぎて泣《な》き出《だ》しそうだ。

「草野《くさの》さん、後出《あとだ》しなんて卑怯《ひきょう》よ！　あたしが勝《か》ってたのに！」

いずみが芽衣《めい》に怒鳴《どな》りつける。今《いま》にもつかみかかってきそうな勢《いきお》いに、芽衣《めい》はすっかりのみ込《こ》まれてしまっている。

「あたし……後出《あとだ》しなんて、そんなこと……」

「後出《あとだ》しよ！　冗談《じょうだん》じゃないわよ！　あたし、さっきからずっと全部《ぜんぶ》の委員《いいん》に立候補《りっこうほ》してんのよ！　あんた、受験《じゅけん》しないんでしょ!?　内申点《ないしんてん》なんていらないんでしょ!?　なら、委《い》員《いん》に立候補《りっこうほ》なんてしないでよ!!」

なんなんだ、この理屈《りくつ》は。亜月《あつき》があきれた時《とき》、クラスのあちこちから声《こえ》が上《あ》がってきた。

「委員会活動《いいんかいかつどう》を趣味《しゅみ》で考《かんが》えてる人《ひと》は、遠慮《えんりょ》してほしいよね」

「みんな、入試《にゅうし》に受《う》かるかどうかがかかってんだからさ」

「塾《じゅく》にも行《い》ってないから、放課後《ほうかご》の暇《ひま》つぶしにいいと思《おも》ったんじゃない？」

「貧乏《びんぼう》だからね」

クスクスと笑《わら》い声《ごえ》が起《お》こる。それを聞《き》いて、芽衣《めい》の顔《かお》が耳《みみ》まで赤《あか》くなった。泣《な》く……？　と亜月《あつき》は思《おも》ったが、芽衣《めい》は唇《くちびる》を噛《か》んだまま自分《じぶん》の席《せき》に着《つ》き、小《ちい》さい声《こえ》で言《い》った。

「……辞退《じたい》します」

「やった、あたしがじゃあ図書委員《としょいいん》ね！」

いずみが悲鳴《ひめい》のような声《こえ》を上《あ》げ、飛《と》び上《あ》がらんばかりに喜《よろこ》んだ。その肩《かた》を友達《ともだち》が叩《たた》いて笑《わら》い合《あ》う。

「良《よ》かったね、いずみ！」

「良《よ》かったー！　ここで委員《いいん》になれないと、あたし二年《にねん》の時忘《ときわす》れ物多《ものおお》かったから、挽回出《ばんかいで》来《き》ないからさー。あー、安心《あんしん》した」

「いいの？　加藤《かとう》さん」

男子《だんし》のクラス委員《いいん》が、亜月《あつき》に耳打《みみう》ちした。亜月《あつき》の見《み》る限《かぎ》りでも、芽衣《めい》は後出《あとだ》しなんてしていない。なんとか自分《じぶん》の内申点《ないしんてん》を上《あ》げたいいずみの大嘘《おおうそ》だ。担任《たんにん》の先生《せんせい》がいないことを良《よ》いことに、みんなやりたい放題《ほうだい》だ。こんな不正《ふせい》を見《み》て、黙《だま》って委員決《いいんぎ》めを進《すす》めていいのか。

「…いいんじゃない」

低《ひく》く言《い》って、亜月《あつき》はざわついてきたクラスに向《む》かい、「はい、じゃこれで終《お》わりね」と教壇《きょうだん》を降《お》りた。

芽衣《めい》はじっとうつむいたままだ。いずみのように、肩《かた》を抱《だ》いて「残念《ざんねん》だったね」と言《い》ってくれる友達《ともだち》が、いない。

関《かか》わらないでおこう。亜月《あつき》は、目立《めだ》つのだ。良《よ》いことにしても、悪《わる》いことにしても。今《いま》は、こういう流《なが》れなのだ。芽衣《めい》がクラスでひとりぼっちという、流《なが》れ。流《なが》れに逆《さか》らったら、どんな厄介《やっかい》なことに巻《ま》き込《こ》まれるか……想像《そうぞう》しただけで、面倒《めんどう》くさい。みんなと同《おな》じように、いや、クラスの誰《だれ》よりも、今《いま》の時期《じき》は亜月《あつき》にとって大事《だいじ》なのだ。とにかく、勉強《べんきょう》に集《しゅう》中《ちゅう》したい。クラス委員《いいん》になってやったんだから、誰《だれ》もあたしの邪魔《じゃま》をしないでよね。亜月《あつき》は自分《じぶん》の席《せき》に着《つ》き、単語帳《たんごちょう》を開《ひら》いた。亜月《あつき》の心《こころ》は、吸《す》い込《こ》まれるように単語帳《たんごちょう》の英単語《えいたんご》に集中《しゅうちゅう》していった。


「あー、やばいやばーい！　数学《すうがく》、全《ぜん》っ然《ぜん》出来《でき》なかったー」

「問三《といさん》、ヤバくない？　あんなの、習《なら》ったっけ？」

中三《ちゅうさん》になって初《はじ》めての中間《ちゅうかん》テストが終《お》わった。出来《でき》なかったテストに未練《みれん》と後悔《こうかい》を残《のこ》しながらも、五月《ごがつ》の空《そら》は明《あか》るく澄《す》み渡《わた》っていて、外《そと》に出《で》るみんなの足取《あしど》りは軽《かる》くなっていった。

「加藤《かとう》さーん、帰《かえ》りにどっか寄《よ》ってかなーい？」

昇降口《しょうこうぐち》で靴《くつ》を履《は》き替《か》えていると、麻友美《まゆみ》が笑《わら》いながら亜月《あつき》の方《ほう》に寄《よ》ってきた。

「なんかおごるよ！　テスト前《まえ》に、ノート見《み》せてもらったお礼《れい》！　おかげで、今回《こんかい》のテスト、あたしバッチリだよ！」

満面《まんめん》の笑顔《えがお》だ。しかし亜月《あつき》は、その笑顔《えがお》を見《み》ることなく「いい。急《いそ》いでるから」と麻友《まゆ》美《み》に背中《せなか》を向《む》けた。

「どうしたの？　加藤《かとう》さん、テストダメだった？」

麻友美《まゆみ》が声《こえ》をかける。あたしは出来《でき》たのに、気《き》の毒《どく》に、といった風《ふう》に。

バカじゃないの。

亜月《あつき》も満点確実《まんてんかくじつ》だけどだからといって嬉《うれ》しくもなんともない。学校《がっこう》のテストなんて、点《てん》数《すう》が取《と》れる問題《もんだい》しか出《で》ないんだから。

学校《がっこう》のテストなんかじゃない……もっと重《おも》く心《こころ》にのしかかっているのは、そんなもんじやない。

塾《じゅく》の進級《しんきゅう》テストだ。

難関《なんかん》クラスのひとつである浦一《うらいち》コースには入《はい》れた。しかし、どうしても、その上《うえ》の浦一《うらいち》理数《りすう》コースに上《あ》がれない。勉強《べんきょう》しても、しても、点数《てんすう》が届《とど》かない。

『なんで、理数《りすう》コースに上《あ》がれないの？』

母《はは》のため息《いき》まじりの声《こえ》が、耳《みみ》から離《はな》れない。

『何《なに》やってるの？　ちゃんと勉強《べんきょう》してるの？　浦一理数《うらいちりすう》コースに入《はい》れないってことは、浦《うら》一《いち》の理数科《りすうか》には受《う》かる力《ちから》がないってことよ？　分《わ》かってるの？　あなた、それでいいの？』

それでいいわけ、ないじゃないか。お母《かあ》さんなんかより、ずっと分《わ》かってるよ。このまじゃまずい、すっごくまずいってことくらい。

勉強《べんきょう》は、している。昨日《きのう》だって、寝《ね》たのは二時半《にじはん》だ。毎日毎日《まいにちまいにち》、お風呂《ふろ》でもトイレでも、勉強《べんきょう》をしている。これ以上《いじょう》どこで勉強時間《べんきょうじかん》を増《ふ》やせばいいか分《わ》からないくらいしている、はずなのに。

何《なに》やっているのかなんて、こっちが聞《き》きたい。あたしは、何《なに》をしているのか。ちゃんと勉強《べんきょう》しているのに、何《なに》がダメなのか。何《なに》が、間違《まちが》っているのか。こんなにやっているのに、こんなに、こんなに、こんなに……。

「……加藤《かとう》さん？」

麻友美《まゆみ》の声《こえ》に、亜月《あつき》はハッと我《われ》に返《かえ》った。麻友美《まゆみ》が亜月《あつき》の口元《くちもと》を、怯《おび》えたような目《め》で見《み》ている。触《ふ》れると、指先《ゆびさき》に血《ち》がついた。気《き》がつかなかったが、唇《くちびる》を強《つよ》く噛《か》みしめすぎて切《き》れたらしい。亜月《あつき》のこわばった表情《ひょうじょう》と血《ち》を見《み》て、麻友美《まゆみ》は気持《きも》ち悪《わる》いものを避《さ》けるように「じゃ、じゃあね」と言《い》って、亜月《あつき》から離《はな》れた。遠《とお》くに友達《ともだち》を見《み》つけそちらに走《はし》っていき、笑《わら》いながら校門《こうもん》を出《で》ていった。

亜月《あつき》は手《て》の甲《こう》で血《ち》を拭《ぬぐ》い取《と》った。今頃《いまごろ》になって、痛《いた》くなってきた。ズキズキ、ズキズキ……。

「大丈夫《だいじょうぶ》？」

不意《ふい》に声《こえ》をかけられ、亜月《あつき》の肩《かた》がビクッと揺《ゆ》れた。振《ふ》り返《かえ》ると、ピンク色《いろ》のタオルハンカチが目《め》に入《はい》った。

「良《よ》かったら……」

亜月《あつき》は目《め》を丸《まる》くした。おずおずとハンカチを差《さ》し出《だ》しているのは、あの草野芽衣《くさのめい》だった。

「……いい」

亜月《あつき》は芽衣《めい》を押《お》しのけるように靴箱《くつばこ》から離《はな》れた。

なんで？　今《いま》まで芽衣《めい》と話《はな》したことなんて、一度《いちど》もない。おはようとかの挨拶《あいさつ》どころか、目《め》を合《あ》わせたこともない。それなのに……。

ピンクのハンカチ。

「大丈夫《だいじょうぶ》？」と言《い》った時《とき》の、心配《しんぱい》そうな眼差《まなざ》し。

亜月《あつき》は、なんだかとても落《お》ち着《つ》かない感《かん》じがした。

こんなのは、初《はじ》めての感覚《かんかく》だ。一体何《いったいなに》がどうしてこんなに落《お》ち着《つ》かないのか、分《わ》からない。でもひとつだけ、はっきりしていることがある。

この感《かん》じが、不快《ふかい》ではない、ということ。

二

日曜日《にちようび》だというのに、朝《あさ》から雨《あめ》が降《ふ》っている。

いかにも重《おも》そうな灰色《はいいろ》の雲《くも》から、細《こま》かい霧《きり》のような雨《あめ》が舞《ま》い落《お》ちるように降《ふ》ってくる。傘《かさ》を差《さ》していても、髪《かみ》も服《ふく》もじっとりと湿《しめ》り気《け》を帯《お》びてくる。まさしく、神様《かみさま》が今日《きょう》の気《き》分《ぶん》にぴったりの天気《てんき》を用意《ようい》してくれた、そんな感《かん》じ。

今日《きょう》は、西中三年《にしちゅうさんねん》A組《エーぐみ》の、ボランティア活動《かつどう》の日《ひ》だ。

老人介護《ろうじんかいご》センターで、洗濯物《せんたくもの》を畳《たた》んだり、清掃《せいそう》をしたりというお手伝《てつだ》いをする。ボランティアなので当然自由参加《とうぜんじゆうさんか》だ。なので、亜月《あつき》は行《い》かないつもりだった。正直《しょうじき》、面倒《めんどう》くさい。今更《いまさら》そんなボランティアなんかしてたかが知《し》れた内申点《ないしんてん》を稼《かせ》ぐより、入試《にゅうし》で一問《いちもん》でも多《おお》く解《と》けるようになりたい。だから亜月《あつき》は塾《じゅく》の自習室《じしゅうしつ》で勉強《べんきょう》をするために早起《はやお》きをして、朝食《ちょうしょく》の席《せき》に着《つ》いた。

珍《めずら》しく父《ちち》も、食卓《しょくたく》に着《つ》いていた。

夜勤《やきん》だ、早番《はやばん》だと、生活《せいかつ》サイクルが違《ちが》うため、あまり一緒《いっしょ》に食事《しょくじ》をすることがないので、父《ちち》がいる朝食《ちょうしょく》は不思議《ふしぎ》で、少《すこ》し緊張《きんちょう》する。

「おはよう」

父《ちち》の言葉《ことば》に、小《ちい》さく頭《あたま》を下《さ》げて席《せき》に着《つ》く。するとすかさず母《はは》が「お父《とう》さんからも、なんとか言《い》ってやってくださいよ」と不機嫌《ふきげん》そうに言《い》った。

「塾《じゅく》の成績《せいせき》が、上《あ》がらないの。勉強《べんきょう》の仕方《しかた》とか、あなたからも教《おし》えてやって」

サラダを置《お》きながら、母《はは》が父《ちち》に訴《うった》える。それに対《たい》して、亜月《あつき》も不機嫌《ふきげん》そうに言《い》い返《かえ》した。

「うるさいなあ、今日《きょう》ちゃんと自習室《じしゅうしつ》で勉強《べんきょう》するよ」

そうなの、と母《はは》が言《い》いかけた時《とき》、父《ちち》の表情《ひょうじょう》が曇《くも》った。

「今日《きょう》って、西中《にしちゅう》はボランティアの日《ひ》だろう、うらばやし苑《えん》の」

「そうだけど……」

「そんなの、行《い》かなくていいわよ。それより、ちゃんと勉強《べんきょう》を……」

「何言《なにい》ってるんだ。亜月《あつき》は受験生《じゅけんせい》である前《まえ》に、西中《にしちゅう》の生徒《せいと》だろう。学校《がっこう》の行事《ぎょうじ》もちゃんと出《で》ないで、どうするんだ」

父《ちち》の言葉《ことば》に、亜月《あつき》はカチンときた。母《はは》の表情《ひょうじょう》からして、母《はは》も亜月《あつき》と同《おな》じ気持《きも》ちだろう。勉強《べんきょう》よりボランティアの方《ほう》が大事《だいじ》なんて、洗濯物《せんたくもの》を畳《たた》んだり掃除《そうじ》をしている間《あいだ》に、ライバルはどんどん先《さき》に進《すす》んでしまうじゃないか。

でも、父《ちち》には逆《さか》らえない。亜月《あつき》はしぶしぶ、「はい」と小《ちい》さく答《こた》えて、制服《せいふく》に着替《きが》えに席《せき》を立《た》った。

集合場所《しゅうごうばしょ》は、老人介護《ろうじんかいご》センター『うらばやし苑《えん》』の入《い》り口《ぐち》だ。

すでに、亜月《あつき》を除《のぞ》いたクラス全員《ぜんいん》が集《あつ》まっている。その中《なか》の麻友美《まゆみ》が、遅《おく》れてきた亜月《あつき》を見《み》て目《め》を丸《まる》くした。

「あれ！　加藤《かとう》さん、来《き》たの⁉」

その言葉《ことば》に、他《ほか》のクラスメートたちも亜月《あつき》に気付《きづ》き、「わ、なんで？」「加藤《かとう》さんは内申《ないしん》なんて関係《かんけい》ないから、来《こ》ないと思《おも》った」ヒソヒソと話《はな》す声《こえ》が耳《みみ》に入《はい》り、亜月《あつき》は嫌《いや》な気持《きも》ちになった。

めちゃめちゃ浮《う》いてんじゃん、あたし。やっぱり、来《こ》なきゃよかった。でも、亜月《あつき》の話《わ》題《だい》はそこまでだった。数十人《すうじゅうにん》の中学生《ちゅうがくせい》が集《あつ》まればそれはそれは賑《にぎ》やかなものだが、今《いま》は少《すこ》し違《ちが》っている。

「マジめんどくせえよなあ。日曜《にちよう》にさあ、何《なに》が楽《たの》しくて洗濯物畳《せんたくものたた》めってか」

「なー。帰《かえ》りてー、早《はや》く」

ざわめきの内容《ないよう》は、全部愚痴《ぜんぶぐち》だ。雨《あめ》を含《ふく》んだ空気《くうき》よりもっと重《おも》いものに包《つつ》まれている。

そこに、「はーい、西中《にしちゅう》の皆《みな》さん、お待《ま》たせしましたー。どうぞお入《はい》りくださーい」と、明《あか》るい声《こえ》が響《ひび》き、ガラス戸《ど》を開《あ》けてくれた職員《しょくいん》に招《まね》かれて、三年《さんねん》A組《エーぐみ》の生徒《せいと》たちはゾロゾロと中《なか》に入《はい》っていった。

「じゃあ、これ畳《たた》み終《お》わったら、ここに入《い》れてくださいね」

畳《たた》み方《かた》の手本《てほん》を見《み》せてから、若《わか》い職員《しょくいん》がにっこりと笑《わら》って言《い》った。素敵《すてき》な笑顔《えがお》だったが、亜月《あつき》たちはげんなりだ。前《まえ》には、大量《たいりょう》のバスタオルとシーツの山《やま》がいくつもあった。

「うっそ、マジで？　これ、あたしたちだけでやんの？」

「ヤッバ。無理《むり》っしょ」

この仕事《しごと》を割《わ》り当《あ》てられたのは、亜月《あつき》、麻友美《まゆみ》、梨津子《りつこ》、いずみ、そして芽衣《めい》の五人《ごにん》だった。数人《すうにん》ずつのグループに分《わ》かれ、掃除《そうじ》、食器洗《しょっきあら》い、草刈《くさか》り、その他《ほか》こまごまとした仕《し》事《ごと》を割《わ》り振《ふ》られたのだ。運悪《うんわる》く雨《あめ》が上《あ》がり、草刈《くさか》りのグループがやぶ蚊《か》と戦《たたか》いながら仕事《しごと》することを考《かんが》えたら大量《たいりょう》の洗濯物畳《せんたくものたた》みなど恵《めぐ》まれたものなのだが、亜月《あつき》にとっては罰《ばつ》ゲームとしか思《おも》えなかった。生《う》まれてこのかた、バスタオルどころかハンカチも畳《たた》んだことなどなかったのだ。畳《たた》むというより、巨大《きょだい》なバスタオルやシーツと戦《たたか》っているといってもいいくらいだ。

ああ、こんなことする時間《じかん》があったら、単語《たんご》のひとつも覚《おぼ》えたいのに……。

他《ほか》のみんなに聞《き》こえないように舌打《したう》ちをする。お父《とう》さんのバカ、なんでこんなのに行《い》けなんて言《い》うのよ。

しかし上手《うま》く出来《でき》ないのは、亜月《あつき》だけではなかった。麻友美《まゆみ》や梨津子《りつこ》、いずみも悪戦苦《あくせんく》闘《とう》している。なんとか畳《たた》めても、笑顔《えがお》の職員《しょくいん》から、

「ありがとう。でももう少《すこ》しきれいに畳《たた》んであった方《ほう》が、使《つか》う人《ひと》は気持《きも》ちいいわよね？」

と、ダメ出《だ》しを食《く》らう始末《しまつ》だ。そんななか、

「あら、あなた上手《じょうず》ね！」

職員《しょくいん》が指差《ゆびさ》したのは、芽衣《めい》だった。芽衣《めい》は手際《てぎわ》良《よ》く大《おお》きなシーツやバスタオルを広《ひろ》げては、テキパキと畳《たた》んでいく。いつも家《いえ》でやっているのだろう、慣《な》れた感《かん》じのその動《うご》きには全《まった》く無駄《むだ》がなく、どんどんと畳《たた》まれた洗濯物《せんたくもの》が積《つ》み重《かさ》ねられていく。

その動《うご》きに、亜月《あつき》は素直《すなお》にすごいなと思《おも》った。全《まった》く自分《じぶん》にない能力《のうりょく》だ。明《あき》らかに今《いま》の自《じ》分《ぶん》より、芽衣《めい》の方《ほう》がここでは役《やく》に立《た》つ人間《にんげん》ではないか。

「貧乏《びんぼう》だから、家《いえ》でいつもお母《かあ》さんの代《か》わりにやってるからじゃないの」

「そうそう、あたしたち、こんなことしてる暇《ひま》、ないもんね」

「クサイは、こんなことばかりやってればいいから、楽《らく》よねー」

麻友美《まゆみ》たちがヒソヒソと、でも芽衣《めい》の耳《みみ》には入《はい》るように言《い》う。「ねえ、加藤《かとう》さん」と麻《ま》友美《ゆみ》に言《い》われたが、亜月《あつき》は無視《むし》した。亜月《あつき》に言《い》わせれば自分《じぶん》たちだって、全然勉強《ぜんぜんべんきょう》なんてしてないじゃないか。そういう軽蔑《けいべつ》の気持《きも》ちと、それとはまた別《べつ》の、なんだか不快《ふかい》な気持《きも》ちが、亜月《あつき》の心《こころ》にあった。

「はい、お疲《つか》れ様《さま》でした」

高《たか》く積《つ》まれたシーツとバスタオルの最終《さいしゅう》チェックをすませ、笑顔《えがお》の職員《しょくいん》が一層《いっそう》ニッコリして言《い》った。

「他《ほか》の生徒《せいと》さんの仕事《しごと》がすむまで、食堂《しょくどう》で休憩《きゅうけい》してください。皆《みな》さん集《あつ》まられたら、苑長《えんちょう》の方《ほう》から挨拶《あいさつ》がありますので」

はーい、と答《こた》え、廊下《ろうか》に出《で》る。「あ〜」と、麻友美《まゆみ》が大《おお》きく伸《の》びをした。

「つっかれた〜。挨拶《あいさつ》なんていいから、もう帰《かえ》らせてほしいわ」

「だよね〜」

グダグダと歩《ある》きながら広《ひろ》い廊下《ろうか》を横切《よこぎ》り、食堂《しょくどう》に向《む》かう。その時《とき》、お年寄《としよ》りが数人《すうにん》、こちらに来《く》るのが見《み》えた。なかには車椅子《くるまいす》に座《すわ》っている人《ひと》もいる。彼女《かのじょ》たちは亜月《あつき》たちを見《み》て、「あら」と言《い》った。老人介護《ろうじんかいご》の施設《しせつ》には、滅多《めった》に中学生《ちゅうがくせい》など来《こ》ないから珍《めずら》しいのだろうか。じっと見《み》られて、亜月《あつき》は落《お》ち着《つ》かなさを感《かん》じた。話《はな》しかけられたら、困《こま》る。亜月《あつき》の近所《きんじょ》に祖父母《そふぼ》が住《す》んでいるが、祖父母《そふぼ》といってもまだまだ元気《げんき》にクリニックで診察《しんさつ》している現役《げんえき》だ。お年寄《としよ》りと話《はな》すことなんて、ムリムリ。亜月《あつき》は早足《はやあし》で食堂《しょくどう》に入《はい》ろうとした。そ

の時《とき》、

「お嬢《じょう》ちゃん、加藤先生《かとうせんせい》の娘《むすめ》さんでしょう？」

車椅子《くるまいす》のお年寄《としよ》りが、声《こえ》をかけた。

「加藤《かとう》クリニックの、若先生《わかせんせい》の。そうでしょ？」

「そうよねえ？　まあ、お父《とう》さんによく似《に》てること」

返事《へんじ》をする間《ま》もなく、亜月《あつき》はゆるゆるとお年寄《としよ》りに囲《かこ》まれた。

「いつもお父《とう》さんにはお世話《せわ》になっているのよ。西中《にしちゅう》にお嬢《じょう》さんいらっしゃるって伺《うかが》っていたから、今日会《きょうあ》えるんじゃないかと楽《たの》しみにしてたの」

「お父《とう》さん、立派《りっぱ》なお医者《いしゃ》さんねえ。大病院《だいびょういん》の先生《せんせい》なのに、こんな年寄《としよ》りのあっちが痛《いた》いこっちが痛《いた》いというのもよく診《み》てくださって。ねえ？」

「本当《ほんとう》に。この前《まえ》もね……」

お年寄《としよ》りたちの嬉《うれ》しそうなおしゃべりは、延々《えんえん》と続《つづ》きそうだ。亜月《あつき》は困《こま》り果《は》てた。このおばあさんたちは、お父《とう》さんの患者《かんじゃ》さんだ。お父《とう》さんが今日《きょう》のボランティアのことを知《し》っていたのは、この人《ひと》たちに聞《き》いていたのだろう。ならば、ちゃんと接《せっ》して、返事《へんじ》をしなきやいけない。そうしないと、お父《とう》さんに恥《はじ》をかかせる。

でも、亜月《あつき》は、黙《だま》ったたままだった。

何《なに》を話《はな》したらいいのか、分《わ》からない。

こういうのは、苦手《にがて》だ。おしゃべりって、何《なに》を話《はな》していいのか分《わ》からない。特《とく》にこんなおばあさんたちは、亜月《あつき》にとって宇宙人《うちゅうじん》のような存在《そんざい》だ。腰《こし》が曲《ま》がりシワとシミだらけの肌《はだ》という外見《がいけん》だけでなく。何《なに》を考《かんが》えているのか、どんな話題《わだい》が合《あ》うのか、自分《じぶん》と違《ちが》いすぎて見当《けんとう》がつかない。

どうしよう。困《こま》ったな、どうしよう……。

亜月《あつき》が困《こま》り果《は》てたその時《とき》、

「か、加藤《かとう》さん、こっちに座《すわ》ってもらったら？」

え、と思《おも》い振《ふ》り返《かえ》る。亜月《あつき》を置《お》いて、もうみんな食堂《しょくどう》に入《はい》ってしまったと思《おも》ったが、そこには、芽衣《めい》がひとり残《のこ》っていた。緊張《きんちょう》した表情《ひょうじょう》で、でも亜月《あつき》をまっすぐ見《み》つめて、

「ね？」

「あ、うん……こっちの椅子《いす》に、どうぞ」

「あらまあ、ありがとうございますねえ」

「年取《としと》ると、長《なが》く立《た》ってるのがしんどくてねえ。ありがとうございます」

亜月《あつき》がすすめた椅子《いす》に、お年寄《としよ》りたちは拝《おが》みながら腰《こし》かけた。

そうしている間《あいだ》に芽衣《めい》が食堂《しょくどう》からお茶《ちゃ》をのせたお盆《ぼん》を持《も》ってきて、亜月《あつき》に渡《わた》した。それをお年寄《としよ》りの前《まえ》にそれぞれ置《お》くと、ますますお年寄《としよ》りたちは深々《ふかぶか》と頭《あたま》を下《さ》げ、

「あらあら、すみませんねえ」

「加藤先生《かとうせんせい》のお嬢《じょう》さんにこんなことしていただいて、本当《ほんとう》にありがとうございます」

あたしじゃない。全部《ぜんぶ》あたしがやってるんじゃないのに……亜月《あつき》が振《ふ》り返《かえ》ると、芽衣《めい》は
ただニコニコとしているだけだった。


「はーい、西中《にしちゅう》の皆《みな》さん、集合《しゅうごう》してくださーい」

施設《しせつ》の職員《しょくいん》の声《こえ》が聞《き》こえ、お年寄《としよ》りたちは寂《さび》しそうに眉《まゆ》をひそめた。

「あらあら、もう時間《じかん》ですか」

「今日《きょう》は楽《たの》しかった。ありがとうございましたね。加藤先生《かとうせんせい》に、よろしくお伝《つた》えください

ねえ」

一緒《いっしょ》に立《た》ち上《あ》がりながら、亜月《あつき》は頭《あたま》を下《さ》げた。

「こちらこそ……」

そして廊下《ろうか》を戻《もど》っていくお年寄《としよ》りの後《うし》ろ姿《すがた》を見《み》ながら、大《おお》きくため息《いき》をついた。

その耳《みみ》に、フフッという笑《わら》い声《ごえ》が入《はい》る。亜月《あつき》の横《よこ》で、芽衣《めい》が温《あたた》かい目《め》でやはりお年寄《としよ》りを見《み》つめている。

お年寄《としよ》りの相手《あいて》は、ほとんど芽衣《めい》がしてくれたのだ。会話《かいわ》をうまく進《すす》め、肝心《かんじん》なところは亜月《あつき》に振《ふ》ってくれる。自分《じぶん》はあくまでも目立《めだ》たず、まるでお年寄《としよ》りと亜月《あつき》だけで話《はな》しているような空気《くうき》を作《つく》って。

「あの……草野《くさの》さん」

集合場所《しゅうごうばしょ》に足《あし》を向《む》けながら、亜月《あつき》は芽衣《めい》に話《はな》しかけた。ありがとう、と言《い》うつもりだった。それを、芽衣《めい》の小《ちい》さな声《こえ》がさえぎった。

「ごめんなさい」

思《おも》いがけない芽衣《めい》の言葉《ことば》に、亜月《あつき》は驚《おどろ》いた。

「何《なに》が？」

「なんだか…あたし、余計《よけい》なことしちゃったかも」

亜月《あつき》に話《はな》しかけてはいるが、芽衣《めい》はこちらを見《み》ずに、うつむいたままだ。その横顔《よこがお》からは先《さき》ほどの温《あたた》かさは消《き》え、緊張《きんちょう》してこわばっている。

「あたし…勝手《かって》に、割《わ》り込《こ》んじゃって……おばあさんたちと加藤《かとう》さんが話《はな》してるとこ……」

「とんでもないよ。あたし、お年寄《としよ》りと何話《なにはな》したらいいかなんて、全然分《ぜんぜんわ》かんなかったから、すごい、助《たす》かった。草野《くさの》さんが来《き》てくれて。逆《ぎゃく》に、ありがとう。本当《ほんとう》に」

亜月《あつき》の心《こころ》の底《そこ》からの言葉《ことば》だった。学校《がっこう》のクラスメートと、こんな風《ふう》に心《こころ》から出《で》た言葉《ことば》で話《はな》すのは初《はじ》めてだ。いつも適当《てきとう》に、うわべだけで話《はな》していた。それで十分《じゅうぶん》だった。

亜月《あつき》の言葉《ことば》に、芽衣《めい》は初《はじ》めて顔《かお》を上《あ》げて目《め》を合《あ》わせ、ふと表情《ひょうじょう》をやわらげた。

「…そんな……」

きれいな、目《め》。

亜月《あつき》の心《こころ》がふわりと浮《う》き上《あ》がる。考《かんが》える間《ま》もなく、亜月《あつき》の口《くち》が勝手《かって》に動《うご》いた。

「……草野《くさの》さん、おばあさんたちと話《はな》すの、すごく上手《じょうず》だよね。楽《たの》しそうだったし」

話《はな》したいと、思《おも》った。そんなことも、亜月《あつき》には初《はじ》めてだ。他人《たにん》のことを、知《し》りたいと思《おも》うなんて。亜月《あつき》の問《と》いに、芽衣《めい》は少《すこ》し答《こた》えるのをためらった。

「あ、あたし……？」

亜月《あつき》が芽衣《めい》の目《め》を見《み》てうなずく。すると芽衣《めい》は、困《こま》ったように両手《りょうて》で頰《ほお》を包《つつ》み、小《ちい》さな声《こえ》で言《い》った。

「あたし……あたしのお母《かあ》さん、前《まえ》、こういうところで働《はたら》いてたの。それで、よく、学校《がっこう》帰《がえ》りに遊《あそ》びに行《い》ってて、それで、おじいさんやおばあさんがいつも一緒《いっしょ》に遊《あそ》んだり、おしゃべりしたりしてくれて、それで……」

「うん」

「……好《す》きなの、おじいさんやおばあさん」

そう言《い》うと、芽衣《めい》は真《ま》っ赤《か》になってうつむいた。

「だから……今日《きょう》のボランティア、楽《たの》しみだったんだ」

芽衣《めい》のその言葉《ことば》は、亜月《あつき》の心《こころ》を満《み》たしていった。何《なに》か、とても温《あたた》かくて、やわらかくて、優《やさ》しい何《なに》かで、ゆったりと、ゆっくりと。それは亜月《あつき》にとって、ずっと感《かん》じていたい…そんな、気持《きも》ちのいい感覚《かんかく》だった。

「三年《さんねん》A組《エーぐみ》の皆《みな》さん、お疲《つか》れ様《さま》でしたー！」

ありがとうございましたー、と、職員《しょくいん》に対《たい》してのクラス全員《ぜんいん》のお礼《れい》の声《こえ》が響《ひび》き渡《わた》る。それと共《とも》に解散《かいさん》となり、生徒《せいと》たちはそれぞれバラバラと出口《でぐち》に向《む》かっていく。

流《なが》されるように芽衣《めい》と亜月《あつき》も歩《ある》き出《だ》す。並《なら》んでいた肩《かた》の間《あいだ》にどんどん通《とお》り過《す》ぎる生徒《せいと》が入《はい》り込《こ》み、ふたりはいつの間《ま》にか離《はな》れてしまった。そのまま外《そと》に出《で》て、家《いえ》の方《ほう》に散《ち》っていく。

亜月《あつき》は無意識《むいしき》に芽衣《めい》の方《ほう》を振《ふ》り返《かえ》った。すると、芽衣《めい》も振《ふ》り返《かえ》って亜月《あつき》を見《み》ている。さようなら、と言《い》おうとした時《とき》、

「ねえねえ、加藤《かとう》さん！　数学《すうがく》の宿題《しゅくだい》、分《わ》かった？　メールでいいから、後《あと》で教《おし》えてくれる？」

麻友美《まゆみ》が覆《おお》いかぶさるようにして話《はな》しかけてきた。その肩《かた》で、芽衣《めい》の姿《すがた》が見《み》えなくなった。

「あー、良《よ》かった、今日《きょう》加藤《かとう》さんが来《き》てくれてて！　数学《すうがく》、どうしても分《わ》かんなくてさー！　あたし、明日当《あしたあ》たりそうなんだよねー！」

「そう」

亜月《あつき》は短《みじか》く言《い》った。麻友美《まゆみ》が何《なに》を言《い》っているのか、本当《ほんとう》は聞《き》いていなかった。麻友美《まゆみ》の肩越《かたご》しに芽衣《めい》を捜《さが》す。しかし、もうその姿《すがた》は見《み》えなくなっていた。

もっと、話《はな》したかったな。

ふと心《こころ》に浮《う》かんだその気持《きも》ちに、亜月《あつき》は驚《おどろ》いた。話《はな》したかったたって、何《なに》を？　なんだろう……分《わ》からないけど、なんだかもっと話《はな》したかった。もっと、芽衣《めい》の話《はなし》を聞《き》きたかった。今《いま》まで周《まわ》りにいた誰《だれ》とも違《ちが》う、あのきれいな目《め》の女《おんな》の子《こ》と、一緒《いっしょ》にいたかった。

「おー、順位《じゅんい》、もう貼《は》り出《だ》されてるってよ」

「マジで？　おれヤバいかもー」

西中《にしちゅう》では、三年生《さんねんせい》になると定期《ていき》テストの成績順位《せいせきじゅんい》が職員室《しょくいんしつ》の前《まえ》に貼《は》り出《だ》される。上位者《じょういしゃ》以外《いがい》は点数《てんすう》でしか発表《はっぴょう》されないが、それでも誰《だれ》が何位《なんい》かはバレてしまうものだ。その日《ひ》は朝《あさ》からざわめき、イソイソと行《い》ったり重《おも》い足取《あしど》りで行《い》ったり、みんな思《おも》い思《おも》いに自分《じぶん》の今《いま》の順位《じゅんい》を確《たし》かめに行《い》く。

そんな中《なか》、亜月《あつき》だけは自分《じぶん》の机《つくえ》で単語帳《たんごちょう》を開《ひら》いて英単語《えいたんご》を覚《おぼ》えるのに集中《しゅうちゅう》していた。

「ねえ、加藤《かとう》さん、一位《いちい》だったよ！」

麻友美《まゆみ》が教室《きょうしつ》に駆《か》け込《こ》みながら、興奮気味《こうふんぎみ》に言《い》った。

「やっだ、中間《ちゅうかん》の後元気《あとげんき》なかったから悪《わる》かったのかと思《おも》ったら、すごいじゃん！　さすが！」

……うるさいな。麻友美《まゆみ》が何《なに》か言《い》うたび、覚《おぼ》えた単語《たんご》が頭《あたま》から弾《はじ》き出《だ》されるようだ。少《すこ》し黙《だま》ってくれないかな。一位《いちい》なんて全然《ぜんぜん》すごくないのよ。全部満点《ぜんぶまんてん》だったから、当《あ》たり前《まえ》じゃない。見《み》に行《い》くまでもないから、教室《きょうしつ》に残《のこ》って勉強《べんきょう》しているのに。

「あたし、50位《い》だったわー。今《いま》までで最高位《さいこうい》！　加藤《かとう》さんのおかげ、ありがとう！」

「別《べつ》に」

「またよろしくね！　そうだ、『クサイ』！　あんたも加藤《かとう》さんにノート写《うつ》させてもらったら？」

麻友美《まゆみ》の言葉《ことば》に、亜月《あつき》は思《おも》わず顔《かお》を上《あ》げた。麻友美《まゆみ》の見《み》ている方《ほう》を見《み》ると、自分《じぶん》の席《せき》で本《ほん》を読《よ》んでいる芽衣《めい》の姿《すがた》があった。芽衣《めい》は顔《かお》を真《ま》っ赤《か》にし、肩《かた》をすくめている様子《ようす》は少《すこ》しでも体《からだ》を小《ちい》さく、目立《めだ》たなくしようとしているかのように見《み》えた。それを見《み》て、亜月《あつき》はズキリと胸《むね》がうずくのを感《かん》じた。しかし麻友美《まゆみ》は、芽衣《めい》のそんな姿《すがた》をさも面白《おもしろ》そうに眺《なが》め、

「あんた、最下位《さいかい》だったねー。どうしてあんな成績《せいせき》で、平気《へいき》で教室《きょうしつ》いられんの？」

「家《いえ》が貧乏《びんぼう》だからって、テストの点数《てんすう》まで節約《せつやく》しなくていいんじゃなーい？」

どっと教室《きょうしつ》が笑《わら》いに包《つつ》まれる。その笑《わら》い声《ごえ》に弾《はじ》かれるように、芽衣《めい》は教室《きょうしつ》を走《はし》り出《だ》した。

「ちょっと、授業《じゅぎょう》が始《はじ》まるわよ」

「受験《じゅけん》しないから、内申点関係《ないしんてんかんけい》ないんでしょ。授業受《じゅぎょうう》けなくて内申点下《ないしんてんさ》がっても気《き》にしなくていいから、うらやましいわー」

「あ、あれ？　加藤《かとう》さん!?」

亜月《あつき》は、思《おも》わず芽衣《めい》の後《あと》を追《お》いかけていた。

芽衣《めい》が駆《か》け込《こ》んだのは、図書室《としょしつ》だった。息《いき》を切《き》らせて図書室《としょしつ》に入《はい》ると、本棚《ほんだな》にもたれか

かるようにして、芽衣《めい》が泣《な》いていた。

一歩《いっぽ》、一歩《いっぽ》、芽衣《めい》に歩《あゆ》み寄《よ》る。声《こえ》をかけよう、そう思《おも》うけれど、なんて言《い》えばいいのか分《わ》からない。どうしよう……ここまで来《き》たのに、あたし、どうすればいいんだろう。

その時《とき》、始業《しぎょう》のチャイムが鳴《な》った。校舎内《こうしゃない》のざわついた空気《くうき》が一気《いっき》に静《しず》まり返《かえ》る。静《しず》かに差《さ》し込《こ》む朝《あさ》の日差《ひざ》しに、芽衣《めい》の泣《な》き声《ごえ》が溶《と》ける。苦《くる》しい、苦《くる》しい声《こえ》。それは、亜月《あつき》の胸《むね》を締《し》めつけた。かける言葉《ことば》は見《み》つからない。でも、芽衣《めい》の涙《なみだ》を見《み》るのは辛《つら》かった。亜月《あつき》はブレザーのポケットからハンカチを取《と》り出《だ》し、顔《かお》を覆《おお》っている芽衣《めい》の手元《てもと》に差《さ》し出《だ》した。

「あの、これ……」

「……お母《かあ》さん……」

しゃくり上《あ》げながら、不意《ふい》に芽衣《めい》が言《い》った。

「え？」

「お母《かあ》さん……責《せ》めてるんだよ。家《いえ》が……貧乏《びんぼう》なこと……」

グイグイと拳《こぶし》で涙《なみだ》を拭《ふ》きながら、芽衣《めい》はうなるように言葉《ことば》を絞《しぼ》り出《だ》す。

「体壊《からだこわ》して、働《はたら》けなくなって……あたしたちに、め、迷惑《めいわく》かけてるって、いつも、いつも……」

拳《こぶし》が真《ま》っ白《しろ》だ。怒《いか》りをそこに閉《と》じ込《こ》めているのだろう。貧乏《びんぼう》と言《い》われるたびに、自分《じぶん》を責《せ》める母《はは》のことを思《おも》い出《だ》しているのだ。そのたびに悲《かな》しい思《おも》いをし、辛《つら》い思《おも》いをし、でもそれを表《おもて》には出《だ》さずに、こうして拳《こぶし》に閉《と》じ込《こ》めてきたのだろう。

亜月《あつき》は言葉《ことば》がなかった。かけるべき言葉《ことば》が、自分《じぶん》の中《なか》には何《なに》もなかった。歯《は》がゆい。悔《くや》しい。自分《じぶん》はなんと無力《むりょく》なのか。

「……ごめんなさい、こんな話《はなし》して」

芽衣《めい》は両手《りょうて》で何度《なんど》も顔《かお》をぬぐうと、何度《なんど》も深呼吸《しんこきゅう》をして息《いき》を整《ととの》えて亜月《あつき》の方《ほう》を見《み》た。

「ありがとう。加藤《かとう》さんが来《き》てくれるなんて、思《おも》わなかった。もう、教室《きょうしつ》戻《もど》ろう」

「……大丈夫《だいじょうぶ》？」

「うん。あたし、内申《ないしん》欲《ほ》しいもん。高校《こうこう》、行《い》くから」

思《おも》いがけない芽衣《めい》の言葉《ことば》に、亜月《あつき》は驚《おどろ》いた。内申《ないしん》や高校《こうこう》など、芽衣《めい》の口《くち》から出《で》るとは思《おも》わなかった。それが思《おも》い違《ちが》いだったのは、芽衣《めい》の目《め》を見《み》て分《わ》かった。

「お母《かあ》さんのせいで高校《こうこう》行《い》けないなんて、絶対《ぜったい》言《い》わせない。絶対《ぜったい》受験《じゅけん》して、合格《ごうかく》して、うちをバカにするみんなを見返《みかえ》してやるんだ」

芽衣《めい》の目《め》に宿《やど》る、強《つよ》い光《ひかり》。しかしその目《め》に、またうっすらと涙《なみだ》が浮《う》かび始《はじ》めた。

「……でも、うち弟《おとうと》や妹《いもうと》がまだ小《ちい》さいから、あたしが面倒見《めんどうみ》ないといけなくて、家《いえ》のこともしなきゃだし、全然勉強《ぜんぜんべんきょう》する時間《じかん》なくて……先生《せんせい》に質問《しつもん》に行《い》っても、こんな成績《せいせき》の悪《わる》いあたしなんて、頭《あたま》から相手《あいて》にしてくれなくて……あたし……」

つーっと、涙《なみだ》が頬《ほお》にあふれ出《で》る。亜月《あつき》は、その涙《なみだ》をハンカチで受《う》け止《と》めた。

「……あたし、手伝《てつだ》えないかな？」

「え……？」

「あたし、勉強教《べんきょうおし》えるよ。放課後《ほうかご》……あたしも塾《じゅく》があるから毎日《まいにち》は出来《でき》ないけど、昼休《ひるやす》みなら、出来《でき》ると思《おも》う……出来《でき》るよ」

まっすぐ芽衣《めい》を見《み》つめた。しかし、芽衣《めい》はその目《め》を見《み》ない。ふと目《め》をふせ、悲《かな》しそうに眉《まゆ》を寄《よ》せた。

「……やっぱり、そんなことか……」

「そんなこと？」

「いい。ノート見《み》せてくれたりして……。でもその裏《うら》でバカにして笑《わら》うんでしょ？　そういうの、もうたくさんだから。……加藤《かとう》さんまで、そんなこと……」

何《なん》のこと、と言《い》いかけ、ハッと気《き》がついた。芽衣《めい》はさっき麻友美《まゆみ》に言《い》われたことを言《い》っているのだ。『亜月《あつき》のノートを写《うつ》させてもらったら』、と。最下位《さいかい》だから。母《はは》が働《はたら》いていなくて貧乏《びんぼう》だから、勉強《べんきょう》が出来《でき》ないのだろうから。芽衣《めい》の心《こころ》を傷《きず》つけた、言葉《ことば》という名《な》の何《なん》本《ぼん》ものナイフ。

亜月《あつき》の言葉《ことば》も、芽衣《めい》にはそのナイフになっているのだ。表面《ひょうめん》は優《やさ》しげでも、裏《うら》では舌《した》を出《だ》してバカにしているような、そんな鋭《するど》いナイフに。

「……違《ちが》うから！」

亜月《あつき》は、叫《さけ》ぶように言《い》った。その勢《いきお》いに、芽衣《めい》は驚《おどろ》いたように亜月《あつき》の顔《かお》を見《み》た。亜月《あつき》は芽衣《めい》の目《め》を見据《みす》え、

「違《ちが》うから……あたし、そんな意味《いみ》で……草野《くさの》さんをバカにするとか、そんな気持《きも》ちで言《い》ったんじゃない。あたし……あたし、なんか分《わ》かんないけど、草野《くさの》さんのそういう顔《かお》、見《み》たくないんだよ。なんでだか、本当《ほんとう》に分《わ》かんないんだけど……」

どう言《い》えば伝《つた》わるのか、分《わ》からない。亜月自身《あつきじしん》、伝《つた》えたいものが何《なん》なのか、はっきりと分《わ》かっていない。でも、麻友美《まゆみ》たちと違《ちが》うということ、傷《きず》つけたいのではないことを伝《つた》えたい。逆《ぎゃく》だ。

「あたし、草野《くさの》さんと、一緒《いっしょ》にいたいんだ」

そう。やっと、しっくりくる言葉《ことば》が出《で》た。そうなんだ。あたしは、この子《こ》と一緒《いっしょ》にいたい。そう思《おも》ってた。あの時《とき》から。

「うらばやし苑《えん》で、話《はな》した時《とき》から……そう、思《おも》ってた。あの時《とき》、草野《くさの》さんと話《はな》して……なんか、他《ほか》の子《こ》と全然違《ぜんぜんちが》って、すごく草野《くさの》さん、目《め》がきれいで、それで……あー、なんて言《い》えばいいんだろう」

やっぱり上手《うま》く言葉《ことば》が出《で》ない。勉強《べんきょう》のことなら、証明《しょうめい》でも説明《せつめい》でも、いくらでもスラスラ言葉《ことば》が出《で》るのに。そんな自分《じぶん》にイラついて頭《あたま》をかくと、芽衣《めい》はまたうつむいた。しかしさっきとは違《ちが》う。今《いま》は、口元《くちもと》に小《ちい》さく笑《え》みが浮《う》かんでいる。

「……ありがとう」

小《ちい》さく、芽衣《めい》は言《い》った。そして、

「よろしく、お願《ねが》いします」

深々《ふかぶか》と頭《あたま》を下《さ》げた。亜月《あつき》も慌《あわ》てて頭《あたま》を下《さ》げ、

「あ、こっちこそ！」

ふたり同時《どうじ》に頭《あたま》を上《あ》げる。そして同時《どうじ》に、笑顔《えがお》になった。

芽衣《めい》はやっぱり、きれいな目《め》をしていた。

三

「だから、ここのwhat以下《いか》の文《ぶん》が、このitにかかってね……」

「あ、そういうことか！　じゃ、このsoundsはこれの動詞《どうし》なんだね」

「そうそう！」

亜月《あつき》の声《こえ》に、司書《ししょ》がシーッと口元《くちもと》に人差《ひとさ》し指《ゆび》を立《た》てた。昼休《ひるやす》みの図書室《としょしつ》は静《しず》かで、校庭《こうてい》で遊《あそ》んでいる生徒《せいと》たちの声《こえ》が聞《き》こえてくるだけだ。亜月《あつき》は司書《ししょ》に頭《あたま》を下《さ》げると、芽衣《めい》と目《め》を見合《みあ》わせて笑《わら》った。

「ヤバヤバ。つい興奮《こうふん》」

「それにしても、加藤《かとう》さんの教《おし》え方《かた》って、本当《ほんとう》に上手《じょうず》だね。すごく分《わ》かりやすい。加藤《かとう》さんに教《おし》えてもらうようになってから、授業《じゅぎょう》もすごく分《わ》かるようになったよ」

「マジで？　良《よ》かった」

亜月《あつき》が芽衣《めい》に勉強《べんきょう》を教《おし》えるようになって、二週間《にしゅうかん》がたつ。毎日昼休《まいにちひるやす》み、亜月《あつき》の塾《じゅく》のない日《ひ》は、芽衣《めい》が夕食《ゆうしょく》の仕度《したく》にかかる五時《ごじ》まで、図書室《としょしつ》の机《つくえ》にふたり並《なら》んでテキストを開《ひら》く。芽衣《めい》が学校《がっこう》のテキストの問題《もんだい》を解《と》いている間《あいだ》、亜月《あつき》は塾《じゅく》の勉強《べんきょう》をし、分《わ》からないところを教《おし》えるというやり方《かた》だ。

「さあ、じゃもっともっと進《すす》もうか！　今度《こんど》は数学《すうがく》ね！」

亜月《あつき》が勢《いきお》いよく数学《すうがく》の教科書《きょうかしょ》を机《つくえ》の上《うえ》に置《お》いた時《とき》、

「亜月《あつき》」

戸口《とぐち》の方《ほう》から、不意《ふい》に名前《なまえ》を呼《よ》ばれた。振《ふ》り返《かえ》ると、母《はは》が数人《すうにん》の保護者《ほごしゃ》と一緒《いっしょ》にこちらを見《み》ている。

「お母《かあ》さん。どうしたの？」

「PTA《ピーティーエー》の集《あつ》まりで来《き》たのよ。教室《きょうしつ》に行《い》ったら、図書室《としょしつ》って聞《き》いたから」

言《い》いながら、母《はは》はジロジロと隣《となり》にいる芽衣《めい》を見《み》た。その遠慮《えんりょ》のない視線《しせん》に、芽衣《めい》は思《おも》わず体《からだ》をすくめた。その自信《じしん》なさげな様子《ようす》に眉《まゆ》をひそめ、母《はは》は低《ひく》く言《い》った。

「……亜月《あつき》、こんなところでくだらないおしゃべりしてる時間《じかん》あるの？　今週末《こんしゅうまつ》も、模試《もし》でしょう？」

母《はは》の言葉《ことば》に、芽衣《めい》は真《ま》っ赤《か》になって立《た》ち上《あ》がった。

慌《あわ》てて教科書《きょうかしょ》やノートを片付《かたづ》けながら、

「……すみません、あたし……」

「くだらないおしゃべりなんて、してないよ。勉強《べんきょう》してたんだ」

亜月《あつき》はそう言《い》うと、芽衣《めい》の手《て》から教科書《きょうかしょ》やノートを取《と》り、また机《つくえ》に広《ひろ》げた。

「さ、数学始《すうがくはじ》めよう」

「亜月《あつき》！　あなた、今度《こんど》の模試《もし》が大事《だいじ》なの、分《わ》かってるでしょ⁉　今度《こんど》こそ浦一理数《うらいちりすう》コースに上《あ》がれないと……」

「分《わ》かってるよ！　ちゃんとやってるから、大丈夫《だいじょうぶ》だから！　もう帰《かえ》ってよ‼」

母《はは》を拒《こば》むように背中《せなか》を向《む》けて、亜月《あつき》は芽衣《めい》に向《む》き直《なお》った。同時《どうじ》に、司書《ししょ》の咳払《せきばら》いが響《ひび》いた。刺《さ》すような視線《しせん》を母《はは》に投《な》げかけている。母《はは》は大《おお》きく肩《かた》で息《いき》をすると、「お待《ま》たせしてごめんなさいね」と他《ほか》の保護者《ほごしゃ》に言《い》い、図書室《としょしつ》の扉《とびら》を閉《し》めた。

「……あの、ごめんね、加藤《かとう》さん」

蚊《か》の鳴《な》くような声《こえ》で、芽衣《めい》が言《い》った。

「何《なに》が？」

「模試《もし》って、塾《じゅく》のでしょ？　今《いま》、大変《たいへん》な時《とき》なんでしょ？　それなのに、あたしの勉強《べんきょう》みてもらったりして……」

「大丈夫《だいじょうぶ》だよ、あたしも自分《じぶん》の勉強《べんきょう》ちゃんとしてるし、草野《くさの》さんに教《おし》えるのも、復習《ふくしゅう》になっていいんだ。お母《かあ》さんの言《い》ったことなんて、気《き》にしないで。お母《かあ》さんなんて、何《なん》にも分《わ》かってないんだから」

亜月《あつき》は笑《わら》ったが、芽衣《めい》は申《もう》し訳《わけ》なさそうにうなだれている。

「……あたし……もう少《すこ》し、自分《じぶん》だけでもちゃんと勉強《べんきょう》するよ。やっぱり、悪《わる》いよ。加藤《かとう》さん、浦一高校《うらいちこうこう》受けるんでしょ？　やっぱり、こんなことしてちゃダメだよ」

「大丈夫《だいじょうぶ》だってば！　あたしがしたくてしてるんだから！」

うつむく芽衣《めい》の肩《かた》をバンバンと叩《たた》く。気分《きぶん》が変《か》わるように笑《わら》ってみせる。そうしていたら、少《すこ》しずつ芽衣《めい》の表情《ひょうじょう》もほころんできた。

「さ、じゃあんまり時間《じかん》なくなっちゃったから、急《いそ》いで数学《すうがく》……」

「そうだ！」

小声《こごえ》で叫《さけ》ぶと、芽衣《めい》が亜月《あつき》の顔《かお》をのぞき込《こ》んで言《い》った。

「加藤《かとう》さん、あたしに、ひとりでも勉強《べんきょう》出来《でき》る方法《ほうほう》教《おし》えてくれる？」

「だから、さっきのは気《き》にしないでって……」

「違《ちが》うの、家《いえ》とかでも、ちょっとした時間《じかん》で勉強《べんきょう》できるやり方《かた》！　そしたら、加藤《かとう》さんに教《おし》えてもらう時《とき》、もっと早《はや》く理解《りかい》出来《でき》るんじゃないかなって。ちょっとの時間《じかん》で、たくさん教《おし》えてもらえるようにならないかな？」

「ああ」

芽衣《めい》の瞳《ひとみ》がキラキラしてる。それを見《み》ると、亜月《あつき》はたまらなく嬉《うれ》しくなった。

「いいね、それ。そうだなあ、ちょっとした時間《じかん》で、効率的《こうりつてき》に勉強《べんきょう》する方法《ほうほう》……そうだ」

亜月《あつき》はポンと手《て》を打《う》つと、制服《せいふく》のブレザーのポケットをまさぐった。興味津々《きょうみしんしん》に芽衣《めい》がそれを見《み》ていると、亜月《あつき》はその目《め》の前《まえ》に単語帳《たんごちょう》を取《と》り出《だ》した。

「これ、あげるよ」

「え」

「英語《えいご》の単語帳《たんごちょう》。これをね、すきま時間《じかん》いつも見《み》て覚《おぼ》えるの」

「すきま時間《じかん》って？」

「歩《ある》いてる時《とき》とか、お風呂《ふろ》に入《はい》ってる時《とき》とか……トイレの時《とき》とか」

「トイレ」

芽衣《めい》がぷっと笑《わら》う。亜月《あつき》はその手《て》に単語帳《たんごちょう》をのせた。

「役《やく》に立《た》つと思《おも》うよ。もらってくれる？」

「でも、あたしがもらっちゃったら、加藤《かとう》さんのが……」

「あたし、これもう覚《おぼ》えたから。また違《ちが》う新《あたら》しいの作《つく》るつもりだったから、大丈夫《だいじょうぶ》」

亜月《あつき》がそう言《い》ってほほ笑《え》むと、芽衣《めい》は手《て》にのせてもらった単語帳《たんごちょう》を胸元《むなもと》に抱《だ》き寄《よ》せ、ギユッと握《にぎ》りしめた。

「……ありがとう。大事《だいじ》に使《つか》う」

芽衣《めい》が嬉《うれ》しそうに笑顔《えがお》をみせた。芽衣《めい》が嬉《うれ》しいと、亜月《あつき》も嬉《うれ》しい。芽衣《めい》と一緒《いっしょ》にいると、なんだかホッとする。安心《あんしん》して笑《わら》える。今《いま》まで生《い》きてきて、周《まわ》りに同世代《どうせだい》の子《こ》はたくさんいた。学校《がっこう》のクラスメート、塾《じゅく》のクラスメート……いつでも、みんな、どこかで敵《てき》だった。

芽衣《めい》みたいな子《こ》は、初《はじ》めてだ。

亜月《あつき》にとって芽衣《めい》は、生《う》まれて初《はじ》めての『友達《ともだち》』だった。


「ただいま」

学校《がっこう》から帰《かえ》ると、亜月《あつき》はまっすぐ自分《じぶん》の部屋《へや》に向《む》かった。着替《きが》えもそこそこに、勉強机《べんきょうづくえ》に向《む》かい、新《あたら》しい単語帳《たんごちょう》を開《ひら》く。その一枚一枚《いちまいいちまい》に、英単語《えいたんご》と意味《いみ》を書《か》き込《こ》んでいく。今頃《いまごろ》芽衣《めい》も亜月《あつき》のあげた単語帳《たんごちょう》で勉強《べんきょう》しているかな、と思《おも》うと、嬉《うれ》しい気分《きぶん》が込《こ》み上《あ》げてくる。あたしも、頑張《がんば》ろう。そう思《おも》った時《とき》、

「亜月《あつき》、ちょっと」

母《はは》がノックと共《とも》に、亜月《あつき》の部屋《へや》に入《はい》ってきた。

「何《なに》？　今忙《いまいそが》しい」

書《か》き込《こ》む単語帳《たんごちょう》から目《め》を上《あ》げることなく、亜月《あつき》が答《こた》える。今日《きょう》は塾《じゅく》がないから、その分《ぶん》家《いえ》での勉強《べんきょう》に集中《しゅうちゅう》したい。出来《でき》れば早《はや》く用件《ようけん》を言《い》って、母《はは》には出《で》ていってほしかった。しかし母《はは》は出《で》ていく気配《けはい》を見《み》せない。こちらを向《む》かない亜月《あつき》に少《すこ》しイラついた様子《ようす》で、大《おお》きくため息《いき》をついた。

「……今日《きょう》の、あの子《こ》だけど」

「え？」

「図書館《としょかん》で、一緒《いっしょ》だった子《こ》」

吐《は》き捨《す》てるような母《はは》の口調《くちょう》に、亜月《あつき》は振《ふ》り返《かえ》った。

「……草野《くさの》さんのこと？」

「そう。あの子《こ》、学年《がくねん》で最下位《さいかい》の子《こ》ですって？　亜月《あつき》、あんな子《こ》と仲良《なかよ》くしてるの？　どういうつもりなの？」

母《はは》の言葉《ことば》には、明《あき》らかに毒《どく》がある。誰《だれ》かが、言《い》ったのだ。あの時一緒《ときいっしょ》だった保護者《ほごしゃ》の誰《だれ》かが。クラスメートたちが芽衣《めい》をからかうのと同《おな》じ悪意《あくい》を込《こ》めて、「あの子《こ》、この間《あいだ》のテストで最下位《さいかい》だったのよ」「加藤《かとう》さんのお嬢《じょう》さん、あんな子《こ》と仲《なか》がいいの？」……。亜月《あつき》は、思《おも》わず頭《あたま》がカアッと熱《あつ》くなった。

「学年《がくねん》で最下位《さいかい》でも、次《つぎ》は違《ちが》うよ！　あたしが勉強《べんきょう》みてるもの!!」

「勉強《べんきょう》みてるって、あなたそんな余裕《よゆう》ないでしょう？　浦一理数《うらいちりすう》コースに上《あ》がれるかどうかの瀬戸際《せとぎわ》なのに！　あんな子《こ》と仲良《なかよ》くしてないで、あなたはあなたでやるべきことにきちんと集中《しゅうちゅう》しなさいよ！」

「草野《くさの》さんのこと、あんな子《こ》なんて言《い》わないで！」

「あんな子《こ》でしょ!? 大事《だいじ》な時《とき》なんだから、もっと友達《ともだち》は選《えら》びなさい！ あんなくだらない子《こ》……」

「出《で》てってよ！」

亜月《あつき》は突《つ》き飛《と》ばすように母《はは》を部屋《へや》の外《そと》に押《お》し出《だ》した。

「亜月《あつき》！」

母《はは》の声《こえ》にかまわず、ドアを閉《し》める。鍵《かぎ》がないので、開《あ》けられないようにドアを押《お》さえながら、

「勉強《べんきょう》してるの！ お母《かあ》さんに言《い》われなくても、あたしは浦一理数《うらいちりすう》コースに上《あ》がってみせるから！ たとえ、草野《くさの》さんに勉強教《べんきょうおし》え続《つづ》けても、絶対上《ぜったいあ》がってみせるから！」

怒鳴《どな》るようにそう言《い》うと、ドアの外《そと》の母《はは》の声《こえ》は聞《き》こえなくなった。間《ま》もなく、階段《かいだん》を下《お》りていく母《はは》の足音《あしおと》が聞《き》こえ、物音《ものおと》がしなくなった。

亜月《あつき》はため息《いき》をつき、ドアから離《はな》れまた机《つくえ》に戻《もど》った。そして書《か》きかけの単語帳《たんごちょう》をしまい、

模試《もし》の範囲《はんい》のテキストを広《ひろ》げた。

絶対《ぜったい》、浦一理数《うらいちりすう》コースに上《あ》がってみせる。そして、芽衣《めい》との付《つ》き合《あ》いに、これ以上文句《いじょうもんく》を言《い》わせないようにしてみせる。

シャーペンを握《にぎ》る手《て》に力《ちから》が入《はい》る。

絶対《ぜったい》、芽衣《めい》への悪口《わるくち》を訂正《ていせい》させてみせるんだ……！


「亜月《あつき》、模試《もし》の結果《けっか》が出《で》てるわよ！」

玄関《げんかん》に入《はい》ったとたん、母《はは》の声《こえ》が聞《き》こえた。

亜月《あつき》の通《かよ》っている塾《じゅく》では、模試《もし》の結果《けっか》が塾《じゅく》のホームページ上《じょう》で発表《はっぴょう》される。昨日行《きのうおこな》われた模試《もし》の結果《けっか》が、もう出《で》ているのだ。この模試《もし》の結果《けっか》が、塾《じゅく》のクラスを決《き》める基準《きじゅん》になる。良《よ》ければ上《うえ》のクラスに上《あ》がれるが、悪《わる》ければ今《いま》のクラスに据《す》え置《お》きか下《した》のクラスに格下《かくさ》げだ。母《はは》はテスト結果《けっか》を早《はや》く知《し》りたくて、いつもテスト翌日《よくじつ》にはパソコンの前《まえ》にかじりついている。

あたしよりも先《さき》に見《み》ないでって、いつも言《い》ってるのに……。苦々《にがにが》しく思《おも》いながらも、母《はは》の声《こえ》が明《あか》るいので少《すこ》しホッとした。テスト結果《けっか》が悪《わる》い時《とき》は声《こえ》が沈《しず》み、良《よ》い時《とき》は明《あか》るい。今《いま》の母《はは》の声《こえ》は、明《あか》るいというより興奮《こうふん》しているといっていいほどだった。

亜月《あつき》としても、手《て》ごたえがあった。どの教科《きょうか》も、問題用紙《もんだいようし》を見《み》た途端《とたん》、鳥肌《とりはだ》が立《た》つのを感《かん》じた。全部《ぜんぶ》、分《わ》かる。前日《ぜんじつ》に勉強《べんきょう》したところばかりが出《で》たのだ。

ひょっとして、浦一理数《うらいちりすう》コースに上《あ》がれそうなのかな……。小《ちい》さな期待《きたい》を胸《むね》にしながら、リビングへと向《む》かった。リビングでは、母《はは》が片隅《かたすみ》にあるパソコンコーナーで画面《がめん》を食《く》い入《い》るように見《み》ながら盛《さか》んに手《て》で招《まね》いていた。

「亜月《あつき》、亜月《あつき》! 見《み》てごらん、早《はや》く!!」

「言《い》われなくても、見《み》るよ。どれ……」

母《はは》に袖《そで》を引《ひ》っ張《ぱ》られるようにしてパソコンの画面《がめん》を見《み》て、亜月《あつき》は言葉《ことば》を失《うしな》った。

そこに書《か》かれていた順位《じゅんい》は、8位《い》。

全国《ぜんこく》で、8位《い》……?

「すごいじゃない、亜月《あつき》! やったわね!!」

母《はは》がバンバンと亜月《あつき》の肩《かた》を叩《たた》く。興奮《こうふん》しすぎて、泣《な》きそうになっている。こんな母《はは》の姿《すがた》を見《み》るのは初《はじ》めてだった。

「これなら、浦一理数《うらいちりすう》コースに上《あ》がれるわよ！　やった、やったわね！　やっぱり亜月《あつき》は、すごい子《こ》だった！　これが実力《じつりょく》なのよ、亜月《あつき》！　これが、あなたの実力《じつりょく》!!」

いつもお説教《せっきょう》しか言《い》わない母《はは》が、亜月《あつき》をほめまくる。しかしそんな言葉《ことば》も、亜月《あつき》の心《こころ》を上《うわ》すべるだけだった。亜月《あつき》の目《め》は、パソコン上《じょう》に映《うつ》し出《だ》された『8位《い》』という文字《もじ》に釘付《くぎづ》けになっている。体中《からだじゅう》が、かあーっと熱《あつ》くなるのを感《かん》じた。これが、あたしの順位《じゅんい》……？

本当《ほんとう》に、これが……？

「この順位《じゅんい》なら、塾《じゅく》に胸《むね》張《は》って行《い》けるわね！　今日発表《きょうはっぴょう》のクラス分《わ》け、絶対浦一理数《ぜったいうらいちりすう》コースにあがれるわよ！　早《はや》く仕度《したく》したら、亜月《あつき》？」

「……うん……！」

いつまでも、この輝《かがや》かしい結果《けっか》を見《み》ていたい……そんな気持《きも》ちをパソコンの画面《がめん》から引《ひ》きはがし、亜月《あつき》は塾《じゅく》に行《い》く準備《じゅんび》に取《と》りかかるために部屋《へや》に向《む》かった。模試《もし》の結果《けっか》で入《い》れ替《か》わるクラスの発表《はっぴょう》は、塾《じゅく》で知《し》らされるのだ。

階段《かいだん》を駆《か》け上《あ》がり、急《いそ》いで塾《じゅく》のカバンにテキストを入《い》れる。何《なに》かに引《ひ》っかかって上手《うま》く入《はい》らないペンケースを、力《ちから》ずくでねじ込《こ》む。早《はや》く、塾《じゅく》に行《い》きたい。この成績《せいせき》が塾《じゅく》でどんな結果《けっか》を出《だ》しているのか、早《はや》く見《み》たい。早《はや》く、早《はや》く、早《はや》く……！

塾《じゅく》のドアを開《あ》けると、すぐ近《ちか》くのデスクでパソコンを操作《そうさ》していた数学講師《すうがくこうし》の枝野《えだの》が顔《かお》を上《あ》げた。枝野《えだの》は浦一理数《うらいちりすう》コースの講師《こうし》だ。銀縁眼鏡《ぎんぶちめがね》に切《き》れ長《なが》の目《め》のせいか、冷《つめ》たく話《はな》しかけにくい雰囲気《ふんいき》なのだが、今日《きょう》は亜月《あつき》を見《み》るとふっと目《め》の色《いろ》をやわらげた。

「加藤《かとう》、だったな？」

「……はい」

「今日《きょう》からぼくのクラスだ。頑張《がんば》れよ」

やっぱり、浦一理数《うらいちりすう》クラスに上《あ》がれたんだ……!!

やった……！　全身《ぜんしん》に喜《よろこ》びが満《み》ちあふれる。そこに塾《じゅく》の職員《しょくいん》が現《あらわ》れ、新《あたら》しいクラスの案《あん》内《ない》とテキストが渡《わた》された。それを手《て》に、案内《あんない》された新《あたら》しい教室《きょうしつ》に向《む》かう。

「あれ、加藤《かとう》さん浦一理数《うらいちりすう》？」

「全国《ぜんこく》で8位《い》だったんだって」

「マジで？」

今《いま》まで同《おな》じクラスだった塾生《じゅくせい》の噂《うわさ》する声《こえ》が耳《みみ》に入《はい》る。亜月《あつき》はあえて振《ふ》り返《かえ》らず、背中《せなか》でそのヒソヒソ声《ごえ》を聞《き》き続《つづ》けた。

気持《きも》ちいい。「まぐれじゃない？」「いつも、あたしより低《ひく》いよ」など悪意《あくい》のある言葉《ことば》もあったが、それすらも今《いま》の亜月《あつき》にはうっとりするようなほめ言葉《ことば》に聞《き》こえた。

やっかみたければ、やっかめば？　みっともない人《ひと》たち。これからあたしが過《す》ごすのは、もうあんたたちとは違《ちが》う世界《せかい》なの。亜月《あつき》はゆっくりと、新《あたら》しいクラスの教室《きょうしつ》のドアを開《ひら》いた。


そこは、今《いま》までいたクラスより狭《せま》く、机《つくえ》の数《かず》も少《すく》なかった。亜月《あつき》はごくりと息《いき》をのんだ。生徒《せいと》の数《かず》が少《すく》ない……それほど、難《むずか》しいクラスなのだ。亜月《あつき》はキョロキョロとあたりを見《み》回《まわ》し、取《と》りあえず一番前《いちばんまえ》の真《ま》ん中《なか》の席《せき》に荷物《にもつ》を置《お》いた。初《はじ》めて会《あ》う講師《こうし》たちに、やる気《き》を見《み》せたかった。すると、

「そこ、座《すわ》ったらダメだよ」

後《うし》ろから、男子《だんし》の声《こえ》が聞《き》こえた。

「え？」

振《ふ》り返《かえ》ると、眼鏡《めがね》をかけた男子《だんし》が問題集《もんだいしゅう》に目《め》を落《お》としながら言《い》った。

「そこは、三羽《さんば》ガラスの席《せき》」

「三羽《さんば》ガラス？」

「知《し》らないの？　毎回必《まいかいかなら》ず全国《ぜんこく》トップ10に入《はい》る三人《さんにん》」

「毎回《まいかい》……？」

亜月《あつき》は目《め》を丸《まる》くした。その時《とき》、

「いいわよ。そこ、座《すわ》って」

後《うし》ろから、女《おんな》の子《こ》の声《こえ》がした。少《すこ》し低《ひく》い、ひんやりとした声《こえ》。

振《ふ》り向《む》くと、三人《さんにん》の女《おんな》の子《こ》が立《た》っていた。みんな亜月《あつき》の学校《がっこう》とは違《ちが》う制服《せいふく》を着《き》ているが、かもし出《だ》す雰囲気《ふんいき》は、三人《さんにん》とも似《に》ている。眼鏡《めがね》をかけた奥《おく》の目《め》が、なんだかとても深《ふか》く、全《すべ》てが見透《みす》かされてしまいそうだ。今《いま》まで会《あ》ったことのないオーラをまとう三人《さんにん》に亜月《あつき》がドキドキしていると、三人《さんにん》の真《ま》ん中《なか》の子《こ》が言葉《ことば》を続《つづ》けた。

「そこ、今回《こんかい》はあなたの席《せき》だから」

「え……？」

「あなた、加藤亜月《かとうあつき》さんでしょ？　今回《こんかい》8位《い》の」

亜月《あつき》はうなずいた。手《て》に汗《あせ》がじんわりと滲《にじ》む。ひょっとして、この人《ひと》たちが……。

「あたしは、笹村絵美里《ささむらえみり》。今回《こんかい》5位《い》だったの。だから、ここ」

「あたしは近藤雪音《こんどうゆきの》。7位《い》だったから、ここ」

「あたしは水原恵麻《みずはらえま》。12位《い》だったから、こっちの席《せき》になるわ」

そう言《い》うと、三人《さんにん》はそれぞれ亜月《あつき》の横《よこ》と後《うし》ろの席《せき》にカバンを置《お》いた。

「あ……あの……」

よろしく、と言《い》おうかと思《おも》ったが、そんなことを言《い》える空気《くうき》は全《まった》くない。三人《さんにん》は腰《こし》かけると、もう亜月《あつき》の方《ほう》を見《み》ることなく、テキストを開《ひら》いて勉強《べんきょう》をし始《はじ》めた。亜月《あつき》もつられるように腰《こし》かける。しかし。

この三人《さんにん》なんだ……、常《つね》に全国《ぜんこく》トップ10に入《はい》り続《つづ》けているっていうのは。

そう思《おも》うと、大変《たいへん》な緊張感《きんちょうかん》が押《お》し寄《よ》せてきた。5位《い》、7位《い》、12位《い》ということは、その中《なか》に亜月《あつき》が食《く》い込《こ》んだということだ。誇《ほこ》らしい……とは、思《おも》えなかった。自分《じぶん》でも分《わ》かっているから。今回《こんかい》のこの順位《じゅんい》は、たまたま運《うん》が良《よ》くて迷《まよ》い込《こ》んできた奇跡《きせき》のようなものだということを。亜月《あつき》は、なんだか、とても居心地《いごこち》が悪《わる》かった。立《た》ち入《い》り禁止《きんし》のところに入《はい》ってしまったような、バツの悪《わる》さすら感《かん》じる。

そんななか、続々《ぞくぞく》と塾生《じゅくせい》たちが入《はい》ってくる。三羽《さんば》ガラスの中《なか》にまじる亜月《あつき》をチラリと見《み》るが、元《もと》のクラスの塾生《じゅくせい》のように何《なに》か言《い》うわけでもなく、静《しず》まり返《かえ》ったなか、各々《おのおの》の席《せき》に着《つ》いていく。亜月《あつき》の机《つくえ》の傍《かたわ》らを通《とお》り過《す》ぎた塾生《じゅくせい》のカバンがペンケースに当《あ》たり、大《おお》きな音《おと》を立《た》てて落《お》ちた。

「あっ」

亜月《あつき》も声《こえ》を上《あ》げたが、その塾生《じゅくせい》は気《き》にもとめず、問題集《もんだいしゅう》に目《め》を落《お》としたまま、落《お》ちたシャーペンを踏《ふ》みつけて自分《じぶん》の席《せき》に向《む》かっていく。

これが、浦一理数《うらいちりすう》コース……。

亜月《あつき》は落《お》ちたペンを拾《ひろ》いながら、自分《じぶん》の中《なか》でどんどん緊張感《きんちょうかん》が高《たか》まっていくのを感《かん》じた。周《まわ》りのことなんて、かまっていられない。だって、自分以外《じぶんいがい》はみんな敵《てき》だから。そんな人間《にんげん》の集《あつ》まりなのだ。そして、これからはここで戦《たたか》っていくんだ。たったひとりで、受験《じゅけん》という戦争《せんそう》で勝《か》ち抜《ぬ》くために。

運《うん》が良《よ》かったとか、奇跡《きせき》とか、そんな弱気《よわき》じゃダメだ。

勝《か》つんだ。あたしも。何《なに》が何《なん》でも。

グッと唇《くちびる》を噛《か》みしめる。その時《とき》、横《よこ》から手《て》が伸《の》び、亜月《あつき》の消《け》しゴムを拾《ひろ》い上《あ》げた。

「ねえ。加藤《かとう》さん、どんな勉強《べんきょう》してるの？」

三羽《さんば》ガラスのひとり、絵美里《えみり》だった。

「……え？」

「あたしたちの中《なか》に食《く》い込《こ》んできた人《ひと》、初《はじ》めてよ。どんな勉強《べんきょう》してきたの？」

「あたしも興味《きょうみ》あるわ」

「一日《いちにち》にどれくらい勉強《べんきょう》してる？」

絵美里《えみり》の話《はなし》に、雪音《ゆきの》と恵麻《えま》も入《はい》ってきた。まさか、この三人《さんにん》が話《はな》しかけてくるとは思《おも》わなかった……全国《ぜんこく》トップの三羽《さんば》ガラスが。しかも、勉強《べんきょう》について。ドキドキして言葉《ことば》が上《う》手《ま》く出《で》てこない。

「えっと……あの……」

ガチャ、と開《あ》いたドアの音《おと》で、亜月《あつき》の言葉《ことば》はさえぎられた。三人《さんにん》が亜月《あつき》に寄《よ》せていた体《からだ》を元《もと》の体勢《たいせい》に戻《もど》す。絵美里《えみり》が小声《こごえ》で言《い》った。

「あたしたち、塾《じゅく》のない日《ひ》、図書館《としょかん》で勉強会《べんきょうかい》してるの。今度《こんど》、加藤《かとう》さんも来《こ》ない？」

「すごいわ、エリートの仲間入《なかまい》りじゃないの！」

母《はは》の声《こえ》は喜《よろこ》びでいっぱいだ。

亜月《あつき》が塾《じゅく》から帰《かえ》ると、十時過《じゅうじす》ぎにもかかわらず、食卓《しょくたく》は亜月《あつき》の好《す》きな食《た》べ物《もの》であふれていた。そしてなんと、いつも忙《いそが》しく夕食《ゆうしょく》はほとんど一緒《いっしょ》に取《と》ったことのない父《ちち》も、食卓《しょくたく》に着《つ》いている。

「お父《とう》さんにも、早《はや》く帰《かえ》ってきてもらったのよ。亜月《あつき》のお祝《いわ》いだからって」

「お祝《いわ》いって、塾《じゅく》で浦一理数《うらいちりすう》コースに入《はい》ったことだったのか」

「そうよ！　亜月《あつき》も、ついに夢《ゆめ》への階段《かいだん》を一歩《いっぽ》上《あ》がれたの！　本当《ほんとう》に良《よ》かったわね、しかも三羽《さんば》ガラスと仲良《なかよ》くなって、勉強《べんきょう》も一緒《いっしょ》にする約束《やくそく》してきたなんて！」

母《はは》は亜月《あつき》が塾《じゅく》に行《い》った後《あと》、塾《じゅく》に電話《でんわ》して浦一理数《うらいちりすう》コースについて聞《き》いたらしい。その時《とき》に、塾《じゅく》の職員《しょくいん》から三羽《さんば》ガラスのことも聞《き》いたのだ。三羽《さんば》ガラスの存在《そんざい》は塾《じゅく》としてもとても誇《ほこ》らしく、そしてそこに今回食《こんかいく》い込《こ》んだ亜月《あつき》のことも大《おお》きく評価《ひょうか》してくれているそうだった。

「本当《ほんとう》に良《よ》くやりましたねって、職員《しょくいん》の方《かた》もほめてくださってたわよ。お母《かあ》さんも、鼻《はな》が高《たか》かったわ。ねえあなた、このまま行《い》けば、亜月《あつき》はあなたの後輩《こうはい》よ！　自分《じぶん》の娘《むすめ》が後輩《こうはい》なんて、嬉《うれ》しいでしょう……」

父《ちち》が答《こた》える前《まえ》に、電子音《でんしおん》が重《かさ》なった。父《ちち》の病院用《びょういんよう》の携帯電話《けいたいでんわ》の着信音《ちゃくしんおん》だ。

「うん、分《わ》かった。今《いま》すぐ行《い》きます」

短《みじか》くそう携帯《けいたい》に答《こた》えると、父《ちち》は「急患《きゅうかん》だ」と言《い》ってあわただしく席《せき》を立《た》った。

「そんな。当直《とうちょく》の先生《せんせい》がいらっしゃるでしょ？　あなたが行《い》かなくても……」

「今夜《こんや》の当直《とうちょく》は眼科《がんか》の先生《せんせい》なんだ。行《い》ってきます」

そういうと、ごちそうに箸《はし》をつける間《ま》もなく、父《ちち》は家《いえ》を出《で》ていった。

そんな父《ちち》には、もう慣《な》れっこだった……けど、今日《きょう》ばかりは、母《はは》の口《くち》から思《おも》わず愚痴《ぐち》がこぼれた。

「今日《きょう》くらい……亜月《あつき》の浦一理数《うらいちりすう》コースに上《あ》がれたお祝《いわ》いなんだから、一緒《いっしょ》にいてくれてもいいじゃない、ねえ？」

「いいよ。さ、食《た》べよう！　お腹空《なかす》いちゃった、いただきます!!」

亜月《あつき》はそう言《い》うと、グラタンをすくい上《あ》げ口《くち》に入《い》れた。

正直《しょうじき》、父《ちち》の態度《たいど》には亜月《あつき》もがっかりしていた。浦一理数《うらいちりすう》コースに入《はい》れたのに、こんなに頑張《がんば》ったのに、なんでお父《とう》さんはお母《かあ》さんのように喜《よろこ》んでくれないんだろう。お父《とう》さんは、あたしのことなんかどうでもいいんだろうか。重石《おもし》がついたように、心《こころ》が沈《しず》み込《こ》んでいく。

「そうだ。ねえ、三羽《さんば》ガラスの子《こ》たちって、どんな感《かん》じ？　いつも全国《ぜんこく》トップ10に入《はい》ってるなんて、本当《ほんとう》にすごいわよね！」

父《ちち》がいなくなったせいですっかり暗《くら》くなった空気《くうき》を変《か》えようとするように、母《はは》が明《あか》るい声《こえ》で言《い》った。

そうだ、と亜月《あつき》も思《おも》った。こんなことで落《お》ち込《こ》んじゃダメだ。あたしは浦一理数《うらいちりすう》コースに選《えら》ばれた。医学部《いがくぶ》への道《みち》が開《ひら》けて、医者《いしゃ》になる夢《ゆめ》が近《ちか》づいたんだ。医者《いしゃ》になれれば、お父《とう》さんだって認《みと》めてくれるはず……絶対《ぜったい》。

「三人《さんにん》ともね、やっぱりいかにも頭良《あたまよ》さそうな感《かん》じ。それでね……」

亜月《あつき》の声《こえ》も明《あか》るくなる。これからはあたしも、あの三人《さんにん》の仲間《なかま》なんだ。みんなが一目置《いちもくお》く、エリートのひとり。そうだよ。

あたしは、選《えら》ばれたんだから。

四

「加藤《かとう》さん、加藤《かとう》さんてば」

何度《なんど》も名前《なまえ》を呼《よ》ばれ、亜月《あつき》はハッと目《め》を上《あ》げた。頭《あたま》がボンヤリしている。ここ、どこだっけ……？　だんだんと周《まわ》りに本棚《ほんだな》があるのが見《み》え、隣《となり》で心配《しんぱい》そうに亜月《あつき》を覗《のぞ》き込《こ》んでいる芽衣《めい》の顔《かお》が分《わ》かった。シンと静《しず》かな空気《くうき》に、どこからか聞《き》こえてくる賑《にぎ》やかな声《こえ》がまざる。そうか、と思《おも》う。今《いま》ここは学校《がっこう》の図書室《としょしつ》、昼休《ひるやす》みに、芽衣《めい》の勉強《べんきょう》をみていたんだ。

「ごめん、あたし寝《ね》てた？」

「うん、でも一瞬《いっしゅん》。ガクッてなったから、びっくりした」

芽衣《めい》が笑《わら》う。亜月《あつき》も照《て》れ笑《わら》いをして、

「ごめん、勉強《べんきょう》みてたのに」

「ううん、それよりあんまり寝《ね》てないんじゃない？　大丈夫《だいじょうぶ》？」

「うん、ちょっと塾《じゅく》のクラスが変《か》わって、テキストもすごく難《むずか》しくなったから、時間《じかん》かかっちゃって」

そう言《い》って、亜月《あつき》は塾《じゅく》で使《つか》っている数学《すうがく》のテキストを出《だ》した。芽衣《めい》がそれをパラパラとめくり、目《め》を丸《まる》くした。

「わ、こんなのやってるの？　すっごい難《むずか》しい……問題《もんだい》で何聞《なにき》かれてるのかも、あたしは分《わ》かんないよ。加藤《かとう》さん、分《わ》かるの？」

「うん、まあね」

正直《しょうじき》、手《て》こずっている。歯《は》が立《た》たない問題《もんだい》も、中《なか》にはある。でも、亜月《あつき》は芽衣《めい》にそんな姿《すがた》を見《み》せたくなかった。小《ちい》さく笑《わら》って見《み》せると、芽衣《めい》はテキストを見《み》ながら大《おお》きくため息《いき》をついた。

「本当《ほんとう》に、すごいなあ……加藤《かとう》さんて」

「すごくなんてないよ、こんなの解《と》けるくらいで」

亜月《あつき》の言葉《ことば》に、芽衣《めい》は首《くび》を振《ふ》った。

「違《ちが》うよ、そういうことだけじゃなくて。加藤《かとう》さんは頭《あたま》がいいだけじゃなくて、あたしに勉強教《べんきょうおし》えてくれたり、そういう優《やさ》しさもあるから」

芽衣《めい》は、まっすぐ亜月《あつき》の目《め》を見《み》つめた。芽衣《めい》のきれいな目《め》に、亜月《あつき》が映《うつ》っている。

「あたし、みんなから下《した》に見《み》られてるって、いつも思《おも》ってた。加藤《かとう》さんなんて、あたしなんか足元《あしもと》にも及《およ》ばないほど上《うえ》にいる人《ひと》だって思《おも》ってたんだよ……本当《ほんとう》は。正直言《しょうじきい》って、他《ほか》の人《ひと》にバカにされるのは悔《くや》しかったけど、加藤《かとう》さんからはバカにされても仕方《しかた》ないくらいに思《おも》ってたんだ」

「バカになんてしないよ！　あたしは」

「うん。だから、そこがすごいの」

ムキになった亜月《あつき》に、芽衣《めい》は笑顔《えがお》を見《み》せた。

「頭《あたま》が良《よ》くて、優《やさ》しくて、人《ひと》としてもすごく素敵《すてき》で……あたし、初《はじ》めて自分《じぶん》のこと誇《ほこ》らしく思《おも》えたの。加藤《かとう》さんと仲良《なかよ》くなれるなんて、あたしすごいって……。なんて、あたしにこんなこと言《い》われても、加藤《かとう》さんには迷惑《めいわく》だろうけど……」

キラキラと美《うつく》しい芽衣《めい》の目《め》に映《うつ》る自分《じぶん》が、同《おな》じように美《うつく》しく見《み》える。亜月《あつき》は胸《むね》がいっぱいになった。同《おな》じだ、あたしたち。

「あたし……同《おな》じこと、草野《くさの》さんに思《おも》ってたよ」

「え？」

「草野《くさの》さん、すごく目《め》がきれいで。あたし、すごく憧《あこが》れてる。だから、草野《くさの》さんのきれいな目《め》を、悲《かな》しませたくなかった……それだけで……」

上手《うま》く言葉《ことば》に出来《でき》ない。でも、心《こころ》は伝《つた》わった。芽衣《めい》は嬉《うれ》しそうに笑《わら》い「ありがとう」と言《い》った。その時昼休《ときひるやす》みが終《お》わるチャイムが鳴《な》った。

「あ、ごめん。昼休《ひるやす》み終《お》わっちゃった。全然勉強見《ぜんぜんべんきょうみ》られなかったよ」

「いいよ。加藤《かとう》さんにもらった単語帳《たんごちょう》で、頑張《がんば》るよ」

机《つくえ》に広《ひろ》げたテキストを片付《かたづ》けながら、芽衣《めい》は制服《せいふく》のポケットから単語帳《たんごちょう》を取《と》り出《だ》して笑《わら》った。ああ、大事《だいじ》にしてくれてるんだ……。亜月《あつき》は心《こころ》がホッと温《あたた》かくなった。芽衣《めい》というと、いつもそうだ。心《こころ》が安《やす》らぐ。本当《ほんとう》に安心《あんしん》する。

亜月《あつき》にとって、とてもとても特別《とくべつ》な存在《そんざい》。

図書室《としょしつ》を出《で》て、並《なら》んで歩《ある》く。同《おな》じ歩調《ほちょう》。同《おな》じ歩幅《ほはば》。一緒《いっしょ》に歩《ある》くふたり。

「……あのさ」

「え？」

「これから、あたしのこと、亜月《あつき》って呼《よ》んでくれる？」

自然《しぜん》と、口《くち》から出《で》た。すると、

「うん。じゃ、あたしのことは、芽衣《めい》って呼《よ》んで」

亜月《あつき》と芽衣《めい》は目《め》を合《あ》わせ、フフッと笑《わら》った。今《いま》までもこうして笑《わら》ってきたが、これからは意味《いみ》が違《ちが》う。

ふたりは、親友同士《しんゆうどうし》になったのだから。


うるさいなあ、と、亜月《あつき》は心《こころ》の中《なか》で舌打《したう》ちをした。

市立図書館《しりつとしょかん》は、幼稚園帰《ようちえんがえ》りらしい親子連《おやこづ》れが数組来《すうくみき》ていた。母親《ははおや》が子供《こども》たちに、情感《じょうかん》たっぷりに紙芝居《かみしばい》を読《よ》み聞《き》かせしている。それだけでなく、子供《こども》たちは大人《おとな》しくそれを見《み》ていることなく、「それより、こっち読《よ》んで！」とか「ちょっと、押《お》さないでよー」などと騒《さわ》ぎ、挙《あ》げ句《く》の果《は》てにケンカを始《はじ》めて大声《おおごえ》で泣《な》き出《だ》した。

ちょっと、かんべんしてよ……。

ただでさえ難《むずか》しい数学《すうがく》の問題《もんだい》が、気《き》が散《ち》って集中出来《しゅうちゅうでき》ないではないか。

しかし、隣《となり》にいる絵美里《えみり》、雪音《ゆきの》、恵麻《えま》の秀才三羽《しゅうさいさんば》ガラスは、全《まった》くそんな騒音《そうおん》に動《どう》じることなく、スラスラとシャーペンをノートに滑《すべ》らせている。

ペンの動《うご》きの速《はや》さは、集中力《しゅうちゅうりょく》の高《たか》さと頭《あたま》の回転《かいてん》の速《はや》さを表《あらわ》している。

こんな難《むずか》しい問題《もんだい》、あんなにスラスラ解《と》けちゃうの……？

亜月《あつき》のてのひらは、汗《あせ》で冷《つめ》たくなった。亜月《あつき》にはさっぱり解《と》けないのは、周《まわ》りがうるさいからだけではない。

「さ、終《お》わったわ。そろそろ塾《じゅく》に行《い》かない？」

絵美里《えみり》がノートを閉《と》じると、雪音《ゆきの》と恵麻《えま》も同時《どうじ》にノートを閉《と》じた。

「そうね」

「今回《こんかい》の単元《たんげん》は簡単《かんたん》だから、楽《らく》ね」

恵麻《えま》はそう言《い》って、亜月《あつき》の方《ほう》を見《み》た。

「そ、そうね」

亜月《あつき》は慌《あわ》ててノートを閉《と》じた。全《まった》く解《と》けず、何《なに》も書《か》いていないノートを見《み》られたくなかった。暑《あつ》くもないのに、喉《のど》がカラカラに感《かん》じる。簡単《かんたん》なんだ、これが……あたしには全然《ぜんぜん》分《わ》からない問題《もんだい》が、この人《ひと》たちにとっては。

これが、三羽《さんば》ガラス。

「英語《えいご》、問何番《といなんばん》まで出来《でき》た？」

「え？　えっと……三番《さんばん》……まで、かな」

いきなり絵美里《えみり》に聞《き》かれて、亜月《あつき》は思《おも》い出《だ》すふりをしながら答《こた》えた。本当《ほんとう》は難《むずか》しくて、問一《といいち》の途中《とちゅう》までしか解《と》いていない。しかしそれを聞《き》いた絵美里《えみり》は、驚《おどろ》いて、

「本当《ほんとう》？　あたしでもすごく難《むずか》しくて二番《にばん》までしか出来《でき》なかったのに……英語《えいご》、他《ほか》の塾《じゅく》に通《かよ》ってるの？」

「ううん、そんなわけじゃないけど」

「すごいわね……やっぱり、あたしたちに食《く》い込《こ》んできただけあるわ」

ニヤリと絵美里《えみり》が笑《わら》う。同《おな》じ笑顔《えがお》でも、芽衣《めい》の温《あたた》かいものとは正反対《せいはんたい》の、どこかゾクリとするような冷《つめ》たさを感《かん》じさせた。亜月《あつき》は「そんな」と言《い》って、すぐ目《め》をそらした。

本当《ほんとう》は、全然《ぜんぜん》すごくない……この人《ひと》たちとはまるでレベルが違《ちが》うのは、もう嫌《いや》というほど分《わ》かっていた。でも、今更《いまさら》そんなこと言《い》えない。

今更《いまさら》、「すごい亜月《あつき》」をやめることは……このレールから外《はず》れることは、もう出来《でき》なかった。

やっと、解《と》けた……。ずっとノートに向《む》かい続《つづ》けて凝《こ》り固《かた》まった首《くび》をもみほぐしながら時計《とけい》を見《み》ると、午前一時《ごぜんいちじ》を過《す》ぎている。亜月《あつき》はため息《いき》をついて、勉強机《べんきょうづくえ》に突《つ》っ伏《ぷ》した。最低《さいてい》。数学一問解《すうがくいちもんと》くのに、三十分《さんじっぷん》もかかっちゃった。こんな問題《もんだい》が、実際《じっさい》の入試問題《にゅうしもんだい》では何問《なんもん》も出《で》てくるのに。一問《いちもん》にこんなに手間取《てまど》っていたら、とてもじゃないけど合格点《ごうかくてん》になんてたどり着《つ》けない。きっとこんなの、三羽《さんば》ガラスなら余裕《よゆう》ですぐ解《と》いてしまうはず。

あたし、ムリなのかな……。

頭《あたま》の中《なか》が絶望的《ぜつぼうてき》な気持《きも》ちでみるみるいっぱいになっていく。最近《さいきん》、浦一理数《うらいちりすう》コースに入《はい》ってから、すぐこんな気持《きも》ちになってしまう。自分《じぶん》なんて、もうダメなんじゃないか。ここが限界《げんかい》なんじゃないか。隣《となり》でスラスラ難問《なんもん》を解《と》いていく余裕《よゆう》の三羽《さんば》ガラスを見《み》ていると、その思《おも》いがどんどん大《おお》きくなる。からめとられて、身動《みうご》き取《と》れなくなってしまう。

苦《くる》しい。

亜月《あつき》はスマホに手《て》を伸《の》ばした。

芽衣《めい》の声《こえ》が聞《き》きたい。芽衣《めい》と、話《はなし》がしたい。でも、

『ごめん。うち、そんな余裕《よゆう》がないから……』

学校《がっこう》でメアドを聞《き》いた時《とき》の、携帯《けいたい》を持《も》っていないという芽衣《めい》の本当《ほんとう》にすまなそうな顔《かお》。

こっちこそ、ごめん。そんな辛《つら》そうな顔《かお》をさせて。関係《かんけい》ないよね。携帯《けいたい》でいつもつながってなくても、あたしたちの友情《ゆうじょう》は。

亜月《あつき》はふたりで撮《と》った写《しゃ》メを開《ひら》いた。並《なら》んだ笑顔《えがお》。芽衣《めい》の優《やさ》しいきれいな目《め》が、こちらを見《み》つめている。亜月《あつき》はこわばった心《こころ》がやわらいでいくのを感《かん》じた。

芽衣《めい》、もう寝《ね》た？　あたしは、もう少《すこ》し頑張《がんば》るよ。

スマホの中《なか》の芽衣《めい》に小《ちい》さくうなずき、芽衣《めい》はノートに向《む》かい直《なお》した。

あと一問《いちもん》、解《と》こう。なんとしても今《いま》の地位《ちい》から落《お》ちたくない……落《お》ちられない。

「すごい亜月《あつき》」で、居続《いつづ》けなきゃいけない。

「時間《じかん》です。始《はじ》め！」

パサパサ、と問題用紙《もんだいようし》を開《ひら》く音《おと》が響《ひび》き渡《わた》る。亜月《あつき》が浦一理数《うらいちりすう》コースで受《う》ける初《はじ》めての公《こう》開模試《かいもし》が始《はじ》まった。一時間目《いちじかんめ》は数学《すうがく》だ。亜月《あつき》の前《まえ》の席《せき》には三羽《さんば》ガラスの絵美里《えみり》、両横《りょうよこ》に雪《ゆき》音《の》と恵麻《えま》が座《すわ》り、三人《さんにん》とも早速《さっそく》ペンを走《はし》らせ始《はじ》めた。

速《はや》い。焦《あせ》る気持《きも》ちを押《お》さえつつ、亜月《あつき》も問題《もんだい》に目《め》を通《とお》す。読《よ》み進《すす》めていくうちに、心臓《しんぞう》がドクドクと音高《おとたか》く鳴《な》り始《はじ》めた。呼吸《こきゅう》が浅《あさ》くなっていく。

どうしよう……。

汗《あせ》でじっとり濡《ぬ》れた手《て》で、シャーペンを握《にぎ》りしめる。

どうやるんだっけ、これ……この問題《もんだい》……。問題用紙《もんだいようし》を最後《さいご》まで見《み》てみる。分《わ》かる問題《もんだい》からやろう……そう思《おも》うが、早《はや》く解《と》けそうな問題《もんだい》が見当《みあ》たらない。亜月《あつき》は目《め》の前《まえ》が暗《くら》くなるような気《き》がした。

前回《ぜんかい》のテストの時《とき》と、全然違《ぜんぜんちが》う。分《わ》からない、分《わ》からないでいっぱいになって、頭《あたま》が働《はたら》かない。シャーペンが滑《すべ》らない。あんなに、勉強《べんきょう》したのに。

こんなんじゃ、点数《てんすう》が取《と》れない……成績《せいせき》が下《さ》がっちゃうよ。そしたら、浦一理数《うらいちりすう》コースから、また元《もと》のクラスに戻《もど》ってしまう。

お母《かあ》さんががっかりする。「何《なに》やってんの！」と、きっとすごく怒《おこ》られる。元《もと》のクラスの塾生《じゅくせい》からは、「やっぱりまぐれだったんだ」とバカにされる。そして、三羽《さんば》ガラスからも……。

亜月《あつき》は絵美里《えみり》の背中《せなか》を見《み》た。まるで答案用紙《とうあんようし》と戦《たたか》うように、答《こた》えをひたすら書《か》き込《こ》んでいく。両脇《りょうわき》からも、途絶《とだ》えることのないペンの音《おと》が聞《き》こえてくる。その音《おと》が、亜月《あつき》をあざ笑《わら》う。

『何《なに》やってんの？』

『まだ一問《いちもん》も解《と》けないの？』

『やっぱりね』

やっぱり、あんたにはレベルが違《ちが》いすぎたのよ。

これが現実《げんじつ》。これが、本当《ほんとう》のあたし。亜月《あつき》は、吐《は》き気《け》を感《かん》じた。

いやだ……いやだ、いやだ。落《お》ちたくない。このクラスにいたい。三羽《さんば》ガラスの中《なか》に食《く》い込《こ》んで、みんなに一目置《いちもくお》かれて、お母《かあ》さんの誇《ほこ》りになって、芽衣《めい》の「すごい亜月《あつき》」で居《い》続《つづ》けたい。

絶対《ぜったい》……！

亜月《あつき》は汗《あせ》で滑《すべ》るシャーペンを握《にぎ》り直《なお》した。大《おお》きく息《いき》をつく。そして、顔《かお》を答案用紙《とうあんようし》に向《む》けたまま、目《め》を絵美里《えみり》の背中《せなか》に向《む》けた。激《はげ》しく打《う》ちつける心臓《しんぞう》を押《お》さえながら、じっと時《とき》を待《ま》つ。もう、これしかない。仕方《しかた》がないんだ。もう自分《じぶん》には、これしかないんだから。

息《いき》を止《と》めて見続《みつづ》けていると、絵美里《えみり》が問題用紙《もんだいようし》のページを繰《く》るのに左腕《ひだりうで》を動《うご》かした。背《せ》中《なか》と腕《うで》にすきまが出来《でき》、そこから絵美里《えみり》の答案用紙《とうあんようし》が見《み》える。絵美里《えみり》の、完璧《かんぺき》な答案用紙《とうあんようし》。

亜月《あつき》は一瞬《いっしゅん》のうちにその答案用紙《とうあんようし》を見《み》ると、大急《おおいそ》ぎで覚《おぼ》え、自分《じぶん》の答案用紙《とうあんようし》に写《うつ》し書《か》いていく。鼓動《こどう》の大《おお》きさで体《からだ》が揺《ゆ》れるような錯覚《さっかく》を覚《おぼ》えた。息《いき》が荒《あ》れる。緊張《きんちょう》で筆圧《ひつあつ》が高《たか》くなり、何度《なんど》もシャーペンの芯《しん》が折《お》れる。ああ、忘《わす》れちゃう……！　舌打《したう》ちしては、大急《おおいそ》ぎでシャーペンをノックして芯《しん》を出《だ》す。正解《せいかい》を書《か》かなきゃ。完璧《かんぺき》な答案用紙《とうあんようし》を、何《なん》としても作《つく》り出《だ》さなきゃ。

ようやく亜月《あつき》のシャーペンからも、答案用紙《とうあんようし》に書《か》き込《こ》む音《おと》が響《ひび》くようになった。

それはカンニングという手段《しゅだん》を使《つか》ってのことだけど、亜月《あつき》にはそれが悪《わる》いことだと思《おも》う心《こころ》がなくなっていた。

「あら、亜月《あつき》ちゃんお帰《かえ》りなさい」

隣《となり》に住《す》む年配《ねんぱい》の女性《じょせい》に声《こえ》をかけられたが、亜月《あつき》は挨拶《あいさつ》もそこそこに家《いえ》に駆《か》け込《こ》んだ。

今日《きょう》、先日《せんじつ》の模試《もし》の結果《けっか》が出《で》る。そう思《おも》うといてもも立《た》ってもいられず、亜月《あつき》は学校《がっこう》が終《お》わるとすぐに教室《きょうしつ》を飛《と》び出《だ》した。早足《はやあし》で歩《ある》いていたが、いつの間《ま》にか駆《か》け足《あし》になり、家《いえ》への道《みち》をとにかく急《いそ》いできたのだ。

だが玄関《げんかん》に入《はい》ると、ハアハアと荒《あら》い息遣《いきづか》いのなか、ふと冷静《れいせい》になる。

絵美里《えみり》の完璧《かんぺき》な答案《とうあん》を、四教科《よんきょうか》とも写《うつ》した。でも、どうしても見《み》えない部分《ぶぶん》もあった。

亜月《あつき》はごくりと息《いき》をのんだ。

期待通《きたいどお》りの結果《けっか》が出《で》る確率《かくりつ》なんて、本当《ほんとう》はとんでもなく低《ひく》いのではないか。

リビングからは母《はは》の「何《なに》、これ」という落胆《らくたん》とも怒《いか》りとも取《と》れる声《こえ》が聞《き》こえ、「どうしてこんな点数取《てんすうと》るのよ」と叱《しか》られ、塾《じゅく》では塾生《じゅくせい》にあざ笑《わら》われながら前《まえ》のクラスに戻《もど》り、三《さん》羽《ば》ガラスはもう見向《みむ》きもせず……。

指先《ゆびさき》から体《からだ》がスーッと冷《つめ》たくなっていく。亜月《あつき》は玄関《げんかん》から動《うご》けなくなった。

その時《とき》、

「亜月《あつき》？　帰《かえ》ったの？」

母《はは》の声《こえ》がリビングから聞《き》こえた。明《あか》るい声《こえ》……？

「亜月《あつき》、お帰《かえ》り！　結果出《けっかで》てるわよ！」

母《はは》は満面《まんめん》の笑顔《えがお》で玄関《げんかん》に姿《すがた》を現《あらわ》した。亜月《あつき》はそれを見《み》て、体中《からだじゅう》の力《ちから》が抜《ぬ》けるのを感《かん》じた。

よほど安心《あんしん》した顔《かお》をしていたのか、母《はは》は亜月《あつき》を見《み》ながらいかにも楽《たの》しそうに、嬉《うれ》しそうに笑《わら》って言《い》った。

「どうしたの？　今回《こんかい》、心配《しんぱい》だったの？　前《まえ》が良《よ》すぎたからね。今回《こんかい》は、前《まえ》ほどじゃないけど、まあいいんじゃないかしら。浦一理数《うらいちりすう》コースからは落《お》ちないでいられるわよ」

母《はは》に連《つ》れられてリビングのパソコンを覗《のぞ》き込《こ》む。そこには、全国《ぜんこく》18位《い》という順位《じゅんい》が書《か》れていた。亜月《あつき》は大《おお》きく息《いき》をついて、椅子《いす》に座《すわ》り込《こ》んだ。

……良《よ》かった。

あの三羽《さんば》ガラスは、ぶっちぎりのトップなのだ。18位《い》でも、あの三人《さんにん》の次《つぎ》の席次《せきじ》に付《つ》けたのには間違《まちが》いない。これで、クラスは変《か》わらないですむ。あの三人《さんにん》とも、今《いま》までのように一緒《いっしょ》にいられる。

……良《よ》かったあ……。亜月《あつき》は、心《こころ》から安心《あんしん》した。

塾《じゅく》に入《はい》ると、数学講師《すうがくこうし》の枝野《えだの》から「加藤《かとう》、今回《こんかい》も良《よ》かったな」と声《こえ》をかけられた。

「問三《といさん》なんて、正答率二《せいとうりつに》パーセントの難問《なんもん》だったのに、完璧《かんぺき》な解答《かいとう》だったな。よく勉強《べんきょう》してきたな。いよいよ三羽《さんば》ガラスに食《く》い込《こ》むか」

普段《ふだん》はクールな枝野《えだの》がやわらかい笑顔《えがお》を見《み》せた。「いや、はは」とあいまいに笑《わら》って返《かえ》しながら、亜月《あつき》はホッと胸《むね》をなでおろした。良《よ》かった、成績《せいせき》も先生《せんせい》の評価《ひょうか》も、キープ出来《でき》てる。とりあえず、今回《こんかい》は乗《の》り越《こ》えられたんだ。すっかり軽《かろ》やかになった心《こころ》で、亜月《あつき》はクラスのドアを開《あ》けた。

すでに数人《すうにん》席《せき》に着《つ》き、すでに勉強《べんきょう》を始《はじ》めている。一番前《いちばんまえ》の席《せき》には、いつものように三羽《さんば》ガラスが座《すわ》ってテキストを開《ひら》いていた。亜月《あつき》もその隣《となり》に座《すわ》り、同《おな》じようにテキストを開《ひら》く。

「また一緒《いっしょ》ね」

ノートに写《うつ》した英語《えいご》の長文《ちょうぶん》を訳《やく》しながら、絵美里《えみり》が言《い》った。

「うん。またよろしくね」

亜月《あつき》が笑顔《えがお》を向《む》ける。すると、三人《さんにん》は顔《かお》を見合《みあ》わせ、クスクスと笑《わら》い出《だ》した。おかしくておかしくて仕方《しかた》がないという風《ふう》に、肩《かた》を揺《ゆ》らして、お腹《なか》を抱《かか》えるようにして。

「……どうしたの？」

何《なに》がそんなにおかしいんだろう……何《なに》か、ついてる？　自分《じぶん》の顔《かお》や服《ふく》を触《さわ》ってみる。そんな亜月《あつき》の姿《すがた》を見《み》ながら、雪音《ゆきの》が囁《ささや》くように言《い》った。

「よろしくねって、また見《み》せてねってこと？」

「え」

「あんた、絵美里《えみり》の答案《とうあん》、カンニングしてたくせに」

胸《むね》に、激痛《げきつう》が走《はし》った。恵麻《えま》の言葉《ことば》が、ピストルの弾《たま》のように、亜月《あつき》を撃《う》ち抜《ぬ》いたのだ。

「……え……？」

なんのこと？　一体《いったい》、何《なに》を言《い》ってるの？　はぐらかす言葉《ことば》を、必死《ひっし》に探《さが》す。しかし、心《こころ》の中《なか》を掘《ほ》っても掘《ほ》っても、言葉《ことば》はひとつも見《み》つからない。出《で》てくるのは、全身《ぜんしん》を濡《ぬ》らすよ

うな汗《あせ》と、舌《した》が口《くち》の中《なか》でくっつきそうになるほどの渇《かわ》きだけだ。泳《およ》ぎそうになる目《め》に、速《はや》いまばたきを繰《く》り返《かえ》す。どうしよう、どうしよう。この三人《さんにん》に、よりによってこの三人《さんにん》に、バレていたなんて。

「しょ、証拠《しょうこ》は……」

「証拠《しょうこ》？　そんなこと言《い》って、言《い》いのがれ出来《でき》ると思《おも》ってるの？　調《しら》べればすぐに分《わ》かるわよ。だってあなたの英語《えいご》の問五《といご》、答《こた》え〝b《ビー》〟でしょ？　……私《わたし》の答《こた》えも一緒《いっしょ》だもの」

ガクガクと体《からだ》が震《ふる》え出《だ》した亜月《あつき》を面白《おもしろ》そうに見《み》ながら、絵美里《えみり》が言《い》った。

「それに、あたし、カンニングって〝され〟慣《な》れてるのよね。あたしの体《からだ》の位置《いち》で、後《うし》ろの人《ひと》の書《か》くスピードが変《か》わるから、すぐ分《わ》かるの。気付《きづ》かなかった？　あたし、あなたに見《み》せてあげてたのよ」

見《み》せてあげてた……。頭《あたま》がぐらりと大《おお》きく揺《ゆ》れた。そんな亜月《あつき》を囲《かこ》んで、恵麻《えま》と雪音《ゆきの》が笑《わら》う。

「すごいスピードで写《うつ》してたよね」

「良《よ》かったね、写《うつ》し間違《まちが》えなくて」

亜月《あつき》には、否定《ひてい》する余裕《よゆう》もなくなっていた。

「あ……あの……このこと……」

なんとか声《こえ》を絞《しぼ》り出《だ》す。ここに来《く》るまで、誰《だれ》にも知《し》られていなかった。頼《たの》むから、誰《だれ》にもこのまま言《い》わないでほしい。テストが出来《でき》なかった以上《いじょう》に、カンニングをしてしまったという方《ほう》が、ずっと亜月《あつき》にとってのダメージが大《おお》きいのは、火《ひ》を見《み》るより明《あき》らかだ。みんなにバカにされ、信用《しんよう》を失《うしな》い、誰《だれ》からも見向《みむ》きもされず……考《かんが》えただけで、亜月《あつき》は気《き》がおかしくなりそうになった。

「お願《ねが》い、このことは……」

「大丈夫《だいじょうぶ》、誰《だれ》にも言《い》わないであげるわよ」

絵美里《えみり》はニッコリと笑《わら》った。

「一度《いちど》は本当《ほんとう》にライバルになった人《ひと》だから、ね」

「……ありがとう……」

撃《う》ち抜《ぬ》かれた胸《むね》の傷《きず》が、どんどんと癒《い》えていくのが分《わ》かる。やっぱり、本当《ほんとう》の秀才《しゅうさい》って、違《ちが》う。こんなに心《こころ》が広《ひろ》くて、不正《ふせい》も許《ゆる》してくれて……亜月《あつき》はやっとホッと出来《でき》て、絵美里《えみり》

に頭《あたま》を下《さ》げた。すると、

「あたし、喉渇《のどかわ》いたな。ジュース買《か》ってきて」

ノートに目《め》を戻《もど》した絵美里《えみり》が言《い》った。

「え？」

「あたしは、ウーロン茶《ちゃ》」

「あたしは、カフェオレがいいな」

「何《なに》してんの？　早《はや》く買《か》ってきなさいよ」

絵美里《えみり》が亜月《あつき》に顎《あご》をしゃくる。何《なに》を、言《い》ってるの……？

「どこで？　近《ちか》くにコンビニないし……それに、もうすぐ授業始《じゅぎょうはじ》まるのに……」

「口答《くちごた》え、出来《でき》る身分《みぶん》なの？」

雪音《ゆきの》がニヤリと笑《わら》い、声《こえ》を出《だ》さずに口《くち》を動《うご》かした。

『カンニング』

亜月《あつき》は、目《め》の前《まえ》が真《ま》っ暗《くら》になった。

ノロノロと立《た》ち上《あ》がり、足《あし》を引《ひ》きずるようにクラスを出《で》る。「どこに行《い》くんだ？　授業《じゅぎょう》始《はじ》まるぞ」という枝野《えだの》の声《こえ》など耳《みみ》に入《はい》らず、そのまま塾《じゅく》を出《で》た。

駅《えき》の向《む》こう側《がわ》に、確《たし》かコンビニがあった。絵美里《えみり》がジュース、雪音《ゆきの》がカフェオレ、恵麻《えま》が……えっと、なんだっけ？　どうしよう、なんだっけ？　電話《でんわ》で聞《き》こうか……いや、でも、忘《わす》れたなんて言《い》って、もし怒《おこ》らせたら……。焦《あせ》る亜月《あつき》の頭《あたま》に、雪音《ゆきの》の口元《くちもと》がよみがえる。

『カンニング』

「……ああっ……！」

亜月《あつき》は頭《あたま》を抱《かか》えてしゃがみ込《こ》んだ。

どうしよう……なんてことになってしまったんだろう……。

あたし……とんでもないことに、なってしまった……。


それから数日《すうじつ》、亜月《あつき》の心《こころ》は虚《うつ》ろだった。

学校《がっこう》の一日《いちにち》の終《お》わりを告《つ》げるチャイムが鳴《な》った途端《とたん》、亜月《あつき》の制服《せいふく》のポケットで、スマホがブルブル震《ふる》えた。校内《こうない》への持《も》ち込《こ》みは禁止《きんし》されているので、慌《あわ》ててトイレに駆《か》け込《こ》みスマホを取《と》り出《だ》す。

『今日《きょう》、塾《じゅく》に行《い》く前《まえ》に甘《あま》いもので腹《はら》ごしらえしたいな』

絵美里《えみり》からのメッセージだ。それに応《こた》えるように、雪音《ゆきの》と恵麻《えま》からもメッセージが入《はい》る。

『頭使《あたまつか》うと、お腹空《なかす》くからね』

『お腹《なか》にたまるものがいいな』

『でも、お腹《なか》いっぱいになるものはいやだな。授業中《じゅぎょうちゅう》に眠《ねむ》くなると困《こま》る』

『最低《さいてい》ひとり五百円《ごひゃくえん》以上《いじょう》ね。安物《やすもの》はマズくて嫌《きら》いなの』

『さて、あたしたちが食《た》べたいものは、何《なん》でしょう』

文面《ぶんめん》から三人《さんにん》の笑《わら》い声《ごえ》が聞《き》こえてくるようだ。亜月《あつき》は耳《みみ》をふさぎたくなった。

カンニングのことをバラされたくなかったら、言《い》うことを聞《き》け。それがあの日以来《ひいらい》、三《さん》羽《ば》ガラスと亜月《あつき》の間《あいだ》での掟《おきて》になっていた。あの日《ひ》飲《の》み物《もの》を買《か》いに行《い》ったのをきっかけに、塾《じゅく》のある日《ひ》は毎日《まいにち》のように、三人《さんにん》の欲《ほ》しいものがメッセージで届《とど》けられる。こんな風《ふう》に、謎解《なぞと》きのようにして。

書《か》かれた内容《ないよう》から、三人《さんにん》が望《のぞ》むものを察《さっ》して買《か》っていかなくてはならない。もちろん、亜月《あつき》のお金《かね》で。前《まえ》は「高級《こうきゅう》な」「冷《つめ》たい」「果物《くだもの》を使《つか》ったお菓子《かし》」で、デパ地下《ちか》のフルーツゼリーを買《か》い、その前《まえ》は「やわらかくて」「温《あたた》かくて」「甘《あま》〜いもの」で、出来立《できた》てのスフレを買《か》った。実《じつ》はその時《とき》、最初《さいしょ》はたい焼《や》きを買《か》っていき、「違《ちが》う！」と激怒《げきど》された。

「あんた、カンニングのことをみんなに言《い》われてもいいの⁉」

と怒鳴《どな》られ、慌《あわ》てて街《まち》なかに出《で》て買《か》い直《なお》したのだ。一個四百円《いっこよんひゃくえん》もするスフレでなんとか機嫌《きげん》を直《なお》してもらえたが、手《て》を付《つ》けられなかったたい焼《や》きは亜月《あつき》がひとりで三個《さんこ》も食《た》べる羽目《はめ》になった。

今回《こんかい》も、間違《まちが》えたら大変《たいへん》だ。腹《はら》ごしらえ出来《でき》て、でもお腹《なか》いっぱいにならなくて、五百《ごひゃく》円以上《えんいじょう》のもの。五百円《ごひゃくえん》か……。亜月《あつき》はため息《いき》をついた。三羽《さんば》ガラスへの貢物《みつぎもの》は、あっという間《ま》に亜月《あつき》のお小遣《こづか》いを食《く》い荒《あ》らしていく。もう今月《こんげつ》のお小遣《こづか》いは、数十円《すうじゅうえん》しか残《のこ》っていないのだ。

どうしよう……お年玉《としだま》を使《つか》わなきゃならないな……。奥《おく》の手《て》だが、それも母《はは》に預《あず》けてあるので、何《なに》に使《つか》うのか話《はな》さないともらえない。なんて説明《せつめい》しよう。ああ、本当《ほんとう》に、なんでこんなことになってしまったんだろう……。でも、一番初《いちばんはじ》め、ジュースを渡《わた》した時《とき》に、絵《え》美里《みり》が言《い》ったのだ。

「また、見《み》せてほしい。見《み》せてほしいでしょう？」

こんなこと……このくらいのこと、我慢《がまん》しないと。亜月《あつき》は重《おも》い心《こころ》をなんとか押《お》し上《あ》げるように息《いき》をひとつつくと、トイレのドアを開《あ》けた。

「大丈夫《だいじょうぶ》？」

目《め》の前《まえ》に、芽衣《めい》が心配《しんぱい》そうな顔《かお》をして立《た》っている。亜月《あつき》はびっくりして、スマホを取《と》り落《お》としそうになった。慌《あわ》てて押《お》さえる手《て》に、芽衣《めい》の手《て》も重《かさ》なる。

「スマホ、学校《がっこう》で出《だ》さない方《ほう》がいいよ。前《まえ》、学校《がっこう》でいじってるの見《み》つかって、没収《ぼっしゅう》された子《こ》がいたじゃない」

周《まわ》りに聞《き》こえないように声《こえ》を落《お》として、芽衣《めい》が言《い》った。亜月《あつき》のことを思《おも》っての言葉《ことば》だが、それがカチンときた。そんなこと、芽衣《めい》に言《い》われなくても百《ひゃく》も承知《しょうち》のことだ。没収《ぼっしゅう》された子《こ》はゲームをしていたんじゃないか。あたしのは、違《ちが》う。今《いま》すぐ見《み》ないと危《あぶ》ないメッセージを読《よ》まなきゃいけないんだ。

芽衣《めい》の〈常識《じょうしき》〉が、亜月《あつき》の心《こころ》をささくれ立《だ》たせる。今《いま》の亜月《あつき》には、心《こころ》の余裕《よゆう》が全《まった》くなくなっていた。

亜月《あつき》の様子《ようす》がおかしいことに気付《きづ》いた芽衣《めい》は、慌《あわ》てて話題《わだい》を変《か》えた。

「あ、そうだ！　あのね、さっき、昨日《きのう》の小《しょう》テスト返《かえ》されたでしょ？　あれ、あたし、80点《てん》だった！」

ニコニコと笑《わら》いながら、芽衣《めい》が嬉《うれ》しそうに話《はな》す。

「平均点《へいきんてん》、73点《てん》て言《い》ってたでしょ？　あたし、平均点《へいきんてん》より高《たか》い点《てん》取《と》ったの、初《はじ》めてだよ！　亜月《あつき》のおかげだよ、ありがとう！」

「ごめん、あたし急《いそ》ぐから」

本当《ほんとう》、良《よ》かったね！　あたしのおかげなんかじゃない、芽衣《めい》が頑張《がんば》ったからだよ！

いつもの亜月《あつき》なら出《で》る言葉《ことば》が、出《で》ない。亜月《あつき》は驚《おどろ》く芽衣《めい》を後《あと》に、トイレから出《で》ていった。

慌《あわ》ててカバンを持《も》ち、一目散《いちもくさん》に家《いえ》に向《む》かう。早《はや》く帰《かえ》って、なんとかお金《かね》をもらって、三羽《さんば》ガラスの欲《ほ》しがるものを買《か》っていかないと。五百円以上《ごひゃくえんいじょう》で、甘《あま》くて、それとなんだっけ

……ああ、芽衣《めい》が話《はな》しかけてきたりするから、忘《わす》れてしまったじゃないか。芽衣《めい》のせいだ。

芽衣《めい》のバカ。

芽衣《めい》の、バカ。


なんとか、終《お》わった……。

「問三《といさん》、分《わ》かった？」「今回《こんかい》、マジやべえ。全然分《ぜんぜんわ》かんねかった」

ガヤガヤとテストを終《お》えた塾生《じゅくせい》たちが教室《きょうしつ》を出《で》ていく中《なか》、亜月《あつき》はため息《いき》をついた。みんなが頭《あたま》を抱《かか》えるような難問《なんもん》ぞろいのテストだったが、絵美里《えみり》のおかげで乗《の》り越《こ》えられた。

正直《しょうじき》、絵美里《えみり》が見《み》せてくれないと、全《まった》く亜月《あつき》には塾《じゅく》のテストに歯《は》が立《た》たなくなっているのだ。今《いま》、亜月《あつき》には勉強《べんきょう》する時間《じかん》が、ない。

「加藤《かとう》さん、やってきてくれた？」

亜月《あつき》が席《せき》を立《た》つと、待《ま》ち構《かま》えていたように絵美里《えみり》、雪音《ゆきの》、恵麻《えま》が寄《よ》ってきた。亜月《あつき》はうなずき、絵美里《えみり》に持《も》っていた紙袋《かみぶくろ》を渡《わた》した。

「うん。はい、これ」

絵美里《えみり》は何《なに》も言《い》わず亜月《あつき》からそれを受《う》け取《と》り、中身《なかみ》を覗《のぞ》き込《こ》んだ。

「ちょっと、縫《ぬ》い目《め》が粗《あら》いんじゃない？」

不機嫌《ふきげん》そうに眉根《まゆね》を寄《よ》せる。そんな絵美里《えみり》に、亜月《あつき》は慌《あわ》てて言《い》い訳《わけ》した。

「ご、ごめん……でも、二日《ふつか》しかなかったから……これでも、寝《ね》ないでやったんだよ」

「そんなこと、あたしには関係《かんけい》ないし」

仏頂面《ぶっちょうづら》のまま、絵美里《えみり》は紙袋《かみぶくろ》の中《なか》のものをバサッと広《ひろ》げた。それは、紺色《こんいろ》にピンクの花《はな》柄《がら》の浴衣《ゆかた》だった。絵美里《えみり》の学校《がっこう》の家庭科《かていか》の課題《かだい》で、明日《あした》が提出《ていしゅつ》の締《し》め切《き》り日《び》なのだ。絵美《えみ》里《り》はそれを一昨日《おととい》持《も》ってきて、亜月《あつき》に「これ、明後日《あさって》までに縫《ぬ》ってきて」と押《お》しつけた。

「あたし、勉強《べんきょう》あるから、こんなことしてる暇《ひま》ないのよね」

亜月《あつき》だって、同《おな》じ事情《じじょう》の受験生《じゅけんせい》だ。しかし、亜月《あつき》には断《ことわ》ることなど出来《でき》ない。仮縫《かりぬ》いしかすんでいない浴衣《ゆかた》を持《も》って帰《かえ》り、文字通《もじどお》り一睡《いっすい》もしないで縫《ぬ》い上《あ》げたのだ。勉強《べんきょう》しかしてこなかった亜月《あつき》にとって、家庭科《かていか》はもっとも苦手《にがて》な教科《きょうか》なのだが、精一杯《せいいっぱい》のことはしたつもりだ。しかし、

「やり直《なお》して」

絵美里《えみり》は浴衣《ゆかた》をバサッと亜月《あつき》に押《お》しつけた。

「あたしがこんなに下手《へた》だと思《おも》ってるの？　あんた、あたしのことバカにしてるの？　こんなんでもし内申点下《ないしんてんさ》げられたら、どうしてくれるの」

「そ、そんなわけじゃ……」

「明日《あした》まで待《ま》ってあげる。朝学校行《あさがっこうい》く前《まえ》、塾の前《まえ》まで持《も》ってきて。ちゃんとアイロンもかけてよね」

「あと、あたしのこれもやって。金曜日《きんようび》まででいいわ」

「あたしのこれも。あたしのも金曜《きんよう》日《び》までにしてあげる」

雪音《ゆきの》と恵麻《えま》も、それぞれ手提《てさ》げ袋《ぶくろ》を亜月《あつき》に渡《わた》した。中《なか》にはやはり家庭科《かていか》の課題《かだい》らしい生《き》地《じ》が入《はい》っている。咄嗟《とっさ》に、亜月《あつき》は「無理《むり》」と言《い》った。

「こんなに、出来《でき》ないよ。それに、あたし全然勉強《ぜんぜんべんきょう》する時間《じかん》なくなっちゃってるんだよ。もう、これ以上《いじょう》……」

亜月《あつき》がそこまで言《い》うと、三人《さんにん》は最高《さいこう》のギャグを聞《き》いたように大笑《おおわら》いを始《はじ》めた。

「勉強《べんきょう》なんて、いらないでしょ？」

「カンニングさせてあげてんだから」

亜月《あつき》は言葉《ことば》を失《うしな》った。「じゃ、きちんとやってね」と言《い》うと、三人《さんにん》はカバンを手《て》にクラスから出《で》ていった。「あー、これで勉強《べんきょう》に専念《せんねん》出来《でき》るわ」「やってらんないわよね、家庭科《かていか》なんて、内申点《ないしんてん》のためとはいえ」三人《さんにん》の冷《ひ》ややかな話《はな》し声《ごえ》が遠《とお》ざかり、やがて聞《き》こえなくなった。

……どうしたらいいの……。亜月《あつき》はガタンと椅子《いす》に座《すわ》り込《こ》んだ。体《からだ》に力《ちから》が入《はい》らない。もう、何《なに》もかもが嫌《いや》になった。

こんなにたくさんの家庭科《かていか》の課題《かだい》……自分《じぶん》のだったら母《はは》に手伝《てつだ》ってもらえるが、これは頼《たの》めない。頼《たの》めたとしても、なんでこんなに押《お》しつけられたのか、母《はは》に理由《りゆう》を説明《せつめい》したら、カンニングがバレてしまう。でも、こんなのひとりでは絶対無理《ぜったいむり》だ。もう、どうしよう……。

その時《とき》、ふと芽衣《めい》の顔《かお》が浮《う》かんだ。芽衣《めい》に頼《たの》む……？　少《すこ》し心《こころ》が軽《かる》くなりかけたが、すぐに思《おも》い直《なお》した。

ダメだ。芽衣《めい》には一番頼《いちばんたの》めない。

「すごい亜月《あつき》」は、こんなことを頼《たの》んだりしないのだから。

亜月《あつき》は体中《からだじゅう》の息《いき》を出《だ》すほどの大《おお》きなため息《いき》をついて、ノロノロと立《た》ち上《あ》がった。

こんなこと考《かんが》えてる暇《ひま》があったら、絵美里《えみり》の浴衣《ゆかた》を縫《ぬ》わなくちゃ。明日《あした》までなんだから。

今日《きょう》も、寝《ね》られない……今日《きょう》こそはゆっくり寝《ね》ようと思《おも》っていたのに。両手《りょうて》に三人《さんにん》の家庭科《かていか》の課題《かだい》を提《さ》げる。布地《ぬのじ》は思《おも》いのほか重《おも》く、ますます絶望的《ぜつぼうてき》な気持《きも》ちになりながら、亜《あ》月《つき》は塾《じゅく》の教室《きょうしつ》から出《で》ていった。

「昨日《きのう》の小《しょう》テストのことで、ちょっと言《い》いたいことがある」

一時間目《いちじかんめ》の英語《えいご》の授業《じゅぎょう》。英語教師《えいごきょうし》の渡部《わたなべ》は昨日行《きのうおこな》った小《しょう》テストを返《かえ》し終《お》わると、明《あか》るい声《こえ》で言《い》った。それぞれの答案用紙《とうあんようし》を見《み》ながら、生徒《せいと》たちがざわめく。

「なんだろ？」

「今回難《こんかいむずか》しかったから、平均点悪《へいきんてんわる》かったとか？」

うるさいな……。亜月《あつき》は眠《ねむ》くてもうろうとする頭《あたま》で、毒《どく》を吐《は》いた。

恵麻《えま》と雪音《ゆきの》の家庭科《かていか》の課題《かだい》を作《つく》り終《お》わったのは、今朝《けさ》の六時《ろくじ》だった。約束《やくそく》の金曜日《きんようび》になんとか間《ま》に合《あ》わせられたのだ。七時半《しちじはん》に塾《じゅく》の前《まえ》で渡《わた》し、なんとか始業《しぎょう》ギリギリに学校《がっこう》に滑《すべ》り込《こ》んだ。毎晩裁縫《まいばんさいほう》で徹夜《てつや》したため全《まった》く勉強《べんきょう》など出来《でき》なかった。昨日《きのう》の小《しょう》テストは勉強《べんきょう》してきた云々《うんぬん》以前《いぜん》の問題《もんだい》で、やっている最中《さいちゅう》に寝《ね》てしまい、半分《はんぶん》も解《と》けなかった。結局点数《けっきょくてんすう》は45点《てん》……こんな点数《てんすう》を取《と》ったのは、生《う》まれて初《はじ》めてだ。

ああ、もうサイアク……。

眠《ねむ》くてグラグラする頭《あたま》は鉛《なまり》が詰《つ》まっているとしか思《おも》えず、その鉛《なまり》から毒素《どくそ》がにじみ出《で》ているように痛《いた》む。サイアク、サイアク、サイアク……。

「今回《こんかい》の小《しょう》テストで、満点《まんてん》を取《と》った者《もの》がいる」

えーっ、マジでーっ!?と、生徒《せいと》たちが大声《おおごえ》を上《あ》げた。

頭《あたま》が重《おも》くて机《つくえ》に突《つ》っ伏《ぷ》す亜月《あつき》の耳《みみ》には、みんなのざわめきも渡部《わたなべ》の晴《は》れ晴《ば》れとした声《こえ》も、全《すべ》てが耳障《みみざわ》りなノイズにしか聞《き》こえない。しかし続《つづ》く渡部《わたなべ》の言葉《ことば》に、亜月《あつき》は思《おも》わず顔《かお》を上《あ》げた。

「唯一《ゆいいつ》の満点《まんてん》は、草野《くさの》だ」

えーっ、と、驚《おどろ》きの声《こえ》が一層大《いっそうおお》きく上《あ》がる。クラス中《じゅう》の生徒《せいと》が一斉《いっせい》に芽衣《めい》に目《め》を向《む》けた。みんなに見《み》られたからか、一番《いちばん》に躍《おど》り出《で》たことに驚《おどろ》いたのか、芽衣《めい》の顔《かお》が一気《いっき》に真《ま》っ赤《か》になった。

それと同時《どうじ》に、クラスの空気《くうき》は急激《きゅうげき》に冷《ひ》えていく。だが渡部《わたなべ》は、そんなことに全《まった》く気付《きづ》かず、晴《は》れやかな笑顔《えがお》で続《つづ》けた。

「草野《くさの》はここのところ、少《すこ》しずつ成績《せいせき》が上《あ》がってきていた。努力《どりょく》が実《みの》ったな。みんなも、草野《くさの》のように頑張《がんば》れよ。あっという間《ま》に受験《じゅけん》が来《く》るからな。では、教科書《きょうかしょ》を開《ひら》いて」

渡部《わたなべ》が教壇《きょうだん》に向《む》かう。生徒《せいと》たちは冴《さ》えざえとした空気《くうき》のなかで黙《だま》りこくったまま、教科《きょうか》書《しょ》やノートを開《ひら》いた。

シンと静《しず》まり返《かえ》った中《なか》、芽衣《めい》が亜月《あつき》に手《て》を振《ふ》った。照《て》れたような、嬉《うれ》しそうな笑顔《えがお》。その顔《かお》を見《み》た時《とき》、初《はじ》めて亜月《あつき》は芽衣《めい》を見《み》つめていたことに気付《きづ》いた。しかし芽衣《めい》に手《て》を振《ふ》り返《かえ》すことなく、ふっと顔《かお》を前《まえ》に向《む》けた。

芽衣《めい》の笑顔《えがお》を見《み》た瞬間《しゅんかん》、亜月《あつき》の心《こころ》がジリッと焼《や》け焦《こ》げた感《かん》じがした。

「亜月《あつき》！」

英語《えいご》が終《お》わり、次《つぎ》の生物《せいぶつ》の授業《じゅぎょう》へと教室移動《きょうしついどう》しようと廊下《ろうか》に出《で》た時《とき》、芽衣《めい》が亜月《あつき》の隣《となり》に走《はし》り寄《よ》ってきた。

「あのね、ありがと！　英語《えいご》の小《しょう》テストで満点取《まんてんと》れたの、亜月《あつき》のおかげだよ！」

「……そう」

「うん！　あの単語帳《たんごちょう》、すごく使《つか》ってるの！　買《か》い物《もの》に行《い》く時《とき》とか、妹《いもうと》たち寝《ね》かしつける時《とき》とか、いつも見《み》てる！　あと、亜月《あつき》に教《おし》えてもらった接続詞《せつぞくし》の使《つか》い方《かた》とか、連語《れんご》とか……」

「良《よ》かったね」

亜月《あつき》は言《い》ったが、それは心《こころ》からの言葉《ことば》ではなかった。早《はや》く芽衣《めい》の言葉《ことば》を打《う》ち切《き》りたかった。

イライラする。亜月《あつき》は芽衣《めい》に見《み》えないように、拳《こぶし》を握《にぎ》りしめた。芽衣《めい》の喜《よろこ》んでる声《こえ》。嬉《うれ》しそうな顔《かお》。こんなことで、こんなに大喜《おおよろこ》びして。たかが学校《がっこう》の小《しょう》テストで。あんな簡単《かんたん》なテスト。あたしがいつも通《どお》りだったら、勉強《べんきょう》なんてしなくても満点取《まんてんと》れるレベルのテストで、まるでもう受験《じゅけん》に合格《ごうかく》したみたいに、大《おお》げさに。

亜月《あつき》が心《こころ》の中《なか》で何《なに》を考《かんが》えているかも知《し》らず、芽衣《めい》は亜月《あつき》の手《て》を取《と》り、

「亜月《あつき》、あたし、頑張《がんば》るよ！　これからもふたりで、頑張《がんば》ろうね！」

一緒《いっしょ》に？　あんた、ひょっとしてあたしと同《おな》じレベルのつもりなの？　ウザ。バカじゃないの。

いい気《き》になるんじゃないよ。

いつもは大好《だいす》きな芽衣《めい》の笑顔《えがお》が、きれいな目《め》が、今《いま》はひどく亜月《あつき》の心《こころ》をかき乱《みだ》す。荒《あ》れくるわせ、傷《きず》つける。今《いま》、自分《じぶん》はこんなに辛《つら》い目《め》に遭《あ》っているのに、なんで芽衣《めい》だけ苦《くる》しい世界《せかい》から抜《ぬ》け出《だ》そうとしているのだ。

許《ゆる》せない。

亜月《あつき》のブスブスと黒《くろ》くくすぶる心《こころ》の中《なか》など気付《きづ》かずに、ふたりは生物室《せいぶつしつ》に着《つ》いた。

「日直《にっちょく》、顕微鏡《けんびきょう》の準備《じゅんび》して」

生物教師《せいぶつきょうし》の声《こえ》に、日直《にっちょく》の芽衣《めい》は「はい」と返事《へんじ》をして準備室《じゅんびしつ》に入《はい》っていく。芽衣《めい》の声《こえ》が、動作《どうさ》が、成績《せいせき》が上《あ》がってきたせいか少《すこ》し自信《じしん》を帯《お》びてきたのが分《わ》かる。それがまた、亜月《あつき》の心《こころ》を波立《なみだ》たせた。

何《なに》よ、あたしがいないと全然《ぜんぜん》ダメだったくせに。

机《つくえ》に置《お》かれた芽衣《めい》の教科書《きょうかしょ》やペンケースを苦々《にがにが》しく見《み》つめる。あんたなんて、下の下《げ》だったくせに。ちょっと勉強《べんきょう》が出来《でき》るようになったくらいで、浮《う》かれて。学校《がっこう》の勉強《べんきょう》なんて、勉強《べんきょう》ともいえないいんだよ。こんな簡単《かんたん》なもの。必死《ひっし》にやるなんて、バカのすることなんだよ。気《き》がつかないの？　そうだよね。バカだもんね。

バカに、こんなものいらないでしょ。

そっと芽衣《めい》のペンケースを手《て》にする。誰《だれ》も見《み》ていないことを確認《かくにん》して、亜月《あつき》はそれを持《も》って窓辺《まどべ》に行《い》き、気付《きづ》かれないようにさりげなく窓《まど》の外《そと》に投《な》げ落《お》とした。

しばらくして、下《した》の植《う》え込《こ》みに落《お》ちる音《おと》が耳《みみ》に入《はい》った。亜月《あつき》はその音《おと》を聞《き》いて、スウッと胸《むね》が軽《かる》くなるのを感《かん》じた。三階《さんがい》から落《お》としたので、もうどこに落《お》ちたのか分《わ》からない。

そこに、顕微鏡《けんびきょう》の準備《じゅんび》を終《お》えた芽衣《めい》が戻《もど》ってきた。自分《じぶん》の席《せき》に着《つ》いてすぐ、「あれ」とあたりを見回《みまわ》した。先《さき》ほどまでの朗《ほが》らかな様子《ようす》は消《き》え、不安《ふあん》でいっぱいの顔《かお》になっている。それを見《み》て、亜月《あつき》はますます心《こころ》が軽《かる》くなるのを感《かん》じた。ないね、ペンケース。いくら捜《さが》してもそんなとこにないよ。ああ、かわいそう。かわいそうに。

「どうしたの？」

亜月《あつき》は素知《そし》らぬ顔《かお》で、机《つくえ》の下《した》をのぞき込《こ》む芽衣《めい》に話《はな》しかけた。

「うん……ペンケースがないの」

「ペンケースがないの？　マジで？」

驚《おどろ》いたように言《い》って、一緒《いっしょ》に机《つくえ》の下《した》をのぞき込《こ》む。「ちょっとごめん」と、隣《となり》の机《つくえ》の下《した》も覗《のぞ》く。

「いつからないの？」

「分《わ》かんない……ここに持《も》ってきたはずなんだけど……」

「芽衣《めい》、持《も》ってたかなあ……ごめん、一緒《いっしょ》に来《き》たのに、覚《おぼ》えてないわ」

「え、いいよ！　亜月《あつき》のせいじゃない、あたしがうっかり教室《きょうしつ》に忘《わす》れてきたのかも」

「捜《さが》してきてあげるよ」

「いいよ、自分《じぶん》で行《い》くよ！」

「ダメだよ、授業《じゅぎょう》に遅刻《ちこく》したら、内申点《ないしんてん》に関《かか》わるでしょ？　あたしは大丈夫《だいじょうぶ》だから！」

「……ありがとう、亜月《あつき》」

生物室《せいぶつしつ》を出《で》ようとする亜月《あつき》に、芽衣《めい》は情《なさ》けない笑顔《えがお》を見《み》せた。V《ブイ》サインを見《み》せ、亜月《あつき》は生物室《せいぶつしつ》を出《で》た。

途端《とたん》に、笑《わら》いが込《こ》み上《あ》げてきた。

芽衣《めい》の困《こま》る姿《すがた》。亜月《あつき》に頼《たよ》る姿《すがた》。情《なさ》けない笑顔《えがお》。この上《うえ》ない芽衣《めい》らしい姿《すがた》。

気持《きも》ちいい……なんて、いい気分《きぶん》なんだろう。

亜月《あつき》はここ数週間《すうしゅうかん》ぶりに、心《こころ》からスッキリするのを感《かん》じた。

五

あれから一週間《いっしゅうかん》。

トイレから戻《もど》ってきた芽衣《めい》が、机《つくえ》の中《なか》を捜《さが》す。

「……あれ……」

「どうしたの？」

一緒《いっしょ》に戻《もど》ってきた亜月《あつき》が尋《たず》ねると、芽衣《めい》は困《こま》った顔《かお》をして、

「うん……数学《すうがく》の宿題《しゅくだい》のプリントがないの。教科書《きょうかしょ》の上《うえ》に置《お》いておいたんだけど……」

「また？　これで五回目《ごかいめ》だよ」

ねえ、誰《だれ》か知《し》らない、と、亜月《あつき》は休《やす》み時間《じかん》でざわつく教室内《きょうしつない》に声《こえ》をかけた。

知《し》らない、ねえ、とクラスメートたちは顔《かお》を見合《みあ》わせて首《くび》を振《ふ》る。それを見《み》て不服《ふふく》そうに眉《まゆ》を寄《よ》せながら、亜月《あつき》は心《こころ》の中《なか》で爆笑《ばくしょう》していた。みんな知《し》るはずがない。だって芽衣《めい》のプリントは、亜月《あつき》が芽衣《めい》はもちろん、他《ほか》の誰《だれ》も見《み》ていないすきにポケットに入《い》れ、トイレ

に流《なが》してしまったのだから。芽衣《めい》のものがなくなること五回《ごかい》、全《すべ》て亜月《あつき》がやったことだ。楽《たの》しいから。

塾《じゅく》の成績《せいせき》も、三羽《さんば》ガラスとの関係《かんけい》も、悪化《あっか》する一方《いっぽう》だ。追《お》い詰《つ》められ、苦《くる》しいだけの日々《ひび》。そんな行《い》き場《ば》のない辛《つら》さも、困《こま》った顔《かお》の芽衣《めい》に優《やさ》しくしてあげて感謝《かんしゃ》をされると、スウッと楽《らく》になるのだ。

誰《だれ》も芽衣《めい》のことなんて注目《ちゅうもく》していない。芽衣《めい》には亜月以外友達《あつきいがいともだち》もいないのだ。だから、芽衣《めい》に何《なに》をしたって、誰《だれ》にも亜月《あつき》が犯人《はんにん》だなんてばれることはない。ばれるわけがない。誰《だれ》がやったかなんてばれそうなことは、亜月《あつき》は絶対《ぜったい》にしないのだから。気分転換《きぶんてんかん》は、大事《だいじ》。でも、そのせいで自分《じぶん》の名誉《めいよ》を傷《きず》つけるようなことには、死《し》んでもしたくない。

亜月《あつき》にプリントを捨《す》てられたことも知《し》らず、芽衣《めい》は泣《な》きそうな顔《かお》でカバンの中《なか》を捜《さが》している。そんなとこ捜《さが》しても、あるはずないのに。バカね。亜月《あつき》は口元《くちもと》が緩《ゆる》みそうになるのを必死《ひっし》に押《お》さえながら、神妙《しんみょう》な表情《ひょうじょう》を作《つく》り、「あたしも捜《さが》すよ。もしなかったら、あたしも先生《せんせい》に事情話《じじょうはな》すの、付《つ》き合《あ》ってあげる」

「ありがとう、亜月《あつき》」

「何《なに》言《い》ってんの、友達《ともだち》じゃない」

安心《あんしん》して目《め》を潤《うる》ませた芽衣《めい》に、亜月《あつき》はニッコリと笑《わら》った。いくらでも謝《あやま》ってあげる。自分《じぶん》が悪《わる》くないことを謝《あやま》るのは、なぜか心《こころ》が躍《おど》る。それに「頭《あたま》が良《い》いだけでなく心《こころ》も優《やさ》しい加藤《かとう》さん」というのは、内申点《ないしんてん》が大事《だいじ》な今《いま》、なかなかステキな看板《かんばん》ではないか。

しかし、そんな亜月《あつき》の楽《たの》しみが、思《おも》いがけない波紋《はもん》をゆっくりとクラスに広《ひろ》げていた。


今朝《けさ》も、細《こま》かい雨《あめ》が降《ふ》り続《つづ》いている。傘《かさ》を差《さ》しても、雨《あめ》は霧《きり》のようにまとわりつき、髪《かみ》が、制服《せいふく》が、じっとりとした湿《しめ》り気《け》を帯《お》びていく。ただでさえ気《き》が重《おも》くなるような天気《てんき》が続《つづ》くなか、亜月《あつき》の心《こころ》はそれ以上《いじょう》に重《おも》かった。今日《きょう》は塾《じゅく》の始《はじ》まる一時間《いちじかん》も前《まえ》に行《い》かなくてはならない。三羽《さんば》ガラスが塾《じゅく》の始業《しぎょう》まで勉強《べんきょう》するために、混《こ》み合《あ》う自習室《じしゅうしつ》の席取《せきと》りを代《か》わりにしなくてはならないのだ。そのせいで、亜月《あつき》は家《いえ》で学校《がっこう》の宿題《しゅくだい》や受験勉強《じゅけんべんきょう》をすることが出来《でき》なくなる。自習室《じしゅうしつ》に行《い》ったら今度《こんど》は三羽《さんば》ガラスにジュースを買《か》ってこいだの問題集《もんだいしゅう》のコピーを取《と》ってこいだの、雑用《ざつよう》に追《お》われる。亜月《あつき》の時間《じかん》など全《まった》くないのだ。勉強《べんきょう》が出来《でき》ないなど、文句《もんく》は言《い》えない。そんなこと言《い》っても返《かえ》される言葉《ことば》は分《わ》かっているから。

「テスト写《うつ》させてあげてんのに、何言《なにい》ってんの？」

「それとも、もうバラされてもいいってことかしら？　あのコトを」

いつまで、こんなことが続《つづ》くのだろう。受験《じゅけん》が終《お》わるまで？　受験《じゅけん》なんていっても、亜月《あつき》にはもう受験勉強《じゅけんべんきょう》をする時間《じかん》など全《まった》くないのに。今《いま》のままでは、浦一理数科《うらいちりすうか》に受《う》かるはずなんてない。もう、どうしたらいいのか分《わ》からない。亜月《あつき》は重《おも》い足取《あしど》りで教室《きょうしつ》に向《む》かう階段《かいだん》を上《のぼ》りながら、苦《くる》しいため息《いき》をついた。

「あ、加藤《かとう》さん、おはよう！」

麻友美《まゆみ》が明《あか》るい笑顔《えがお》で寄《よ》ってくる。「ねえ、古文《こぶん》の言葉調《ことばしら》べ、やってきた？」思《おも》った通《とお》り、下心《したごころ》たっぷりだ。

「ああ、やってない」

すっかり忘《わす》れていた。覚《おぼ》えていたとしても、学校《がっこう》の予習《よしゅう》なんてやってる時間《じかん》があったら、受験勉強《じゅけんべんきょう》にあてたい。相当不機嫌《そうとうふきげん》な顔《かお》をしていたのだろう。やってないと言《い》われ、いつもなら「えー、困《こま》るぅ」などと不満全開《ふまんぜんかい》になる麻友美《まゆみ》が、ちょっと慌《あわ》てた様子《ようす》で媚《こ》びを売《う》るように作《つく》り笑《わら》いを見《み》せた。

「あ、そ、そう？　加藤《かとう》さんも、忙《いそが》しいもんね。そんなことも、あるよね」

そう言《い》って、「ねー、誰《だれ》かぁ……」と他《ほか》の予習《よしゅう》をしていそうなクラスメートを捜《さが》し始《はじ》めた時《とき》、芽衣《めい》が教室《きょうしつ》に入《はい》ってきた。

「おはよう」

勉強《べんきょう》しながら来《き》たらしく、教科書《きょうかしょ》を片手《かたて》にしている。いつもなら、そんな芽衣《めい》を皆大《みなたい》して意識《いしき》せず、見向《みむ》きもしないのだが、今日《きょう》は違《ちが》っていた。芽衣《めい》が進《すす》む先々《さきざき》で、クラスメートたちは明《あき》らかに芽衣《めい》を避《さ》けるようによけていく。そして教室《きょうしつ》の隅《すみ》に固《かた》まると、ヒソヒソと声《こえ》をひそめて話《はな》し始《はじ》めた。悪意《あくい》に満《み》ちた目《め》で、芽衣《めい》を見《み》ながら。

「何《なに》、あれ。勉強《べんきょう》してますアピール？」

「超《ちょう》ウザ」

「マジで高校受験《こうこうじゅけん》するつもり？　貧乏人《びんぼうにん》のくせして」

……何《なに》、これ？　亜月《あつき》が驚《おどろ》いた目《め》で見《み》ていると、麻友美《まゆみ》が近《ちか》づいてきて耳元《みみもと》で囁《ささや》いた。

「あのさ、加藤《かとう》さんも、もうクサイに近《ちか》づかない方《ほう》がいいよ」

「どういうこと？」

「クラスで、ハブることに決《き》めたの。ここのとこ、クサイの色《いろ》んなものなくなってんじゃん？　みんなでいい気味《きみ》じゃんって言《い》ってて。最近《さいきん》ちょっと成績上《せいせきあ》がってきたからって、なんかいい気《き》になってるじゃん。超《ちょう》ウザ。貧乏人《びんぼうにん》のバカのくせして」

毒《どく》を吐《は》く麻友美《まゆみ》の暗《くら》い目《め》で亜月《あつき》は理解《りかい》した。あたしだけじゃない。芽衣《めい》が哀《あわ》れでかわいそうな存在《そんざい》でなくなったことが、ただでさえ受験前《じゅけんまえ》でピリピリしていたクラスの全《すべ》てのバランスを崩《くず》しているのだ。芽衣《めい》の方《ほう》に目《め》をやる。相手《あいて》にされず、悪口《わるくち》を言《い》われるのは慣《な》れていたはずだ。でも、今《いま》さらされているのは、そんな嫌悪《けんお》ではなく、憎悪《ぞうお》……嫉妬《しっと》ややっかみで、もっと根《ね》が深《ふか》く黒《くろ》い、暗《くら》い感情《かんじょう》だ。それに気付《きづ》いているのだろう。芽衣《めい》は戸惑《とまど》い、怯《おび》えるように体《からだ》をすくませながら、席《せき》に着《つ》いた。まるで天敵《てんてき》に囲《かこ》まれて逃《に》げ場《ば》を失《うしな》った小《しょう》動物《どうぶつ》のように。

重《おも》くよどんでいた亜月《あつき》の心《こころ》に、まるで窓《まど》を開《あ》け放《はな》したように風《かぜ》が通《とお》る。

「あの顔《かお》、マジ受《う》ける〜！」

楽《たの》しそうに笑《わら》う麻友美《まゆみ》に、亜月《あつき》は静《しず》かに言《い》った。

「……もっと、面白《おもしろ》くしたら？」

「何《なに》、これ？」

「マジ？」

体育《たいいく》がすんだ後《あと》、着替《きが》えを終《お》えた生徒《せいと》たちがバラバラと教室《きょうしつ》に戻《もど》ってくる。足《あし》を踏《ふ》み入《い》れた途端《とたん》、みな目《め》を丸《まる》くし、あきれたような、困《こま》ったような笑《わら》いが起《お》きた。そして、教室《きょうしつ》に近《ちか》づいてくる芽衣《めい》を見《み》て、「うわ、やだ！」と声《こえ》を上《あ》げ身《み》を寄《よ》せ合《あ》うようにして芽衣《めい》を避《さ》けた。

教室《きょうしつ》に入《はい》ると、みんなが芽衣《めい》を見《み》ながらヒソヒソ話《はな》したり笑《わら》ったりしている。いつものことながら、いやな感《かん》じ……戸惑《とまど》いながら自分《じぶん》の机《つくえ》に着《つ》いて黒板《こくばん》の方《ほう》を向《む》いた途端《とたん》、そこに書《か》かれているものに芽衣《めい》の表情《ひょうじょう》が凍《こお》りついた。

〈クサイが昨日《きのう》、万引《まんび》きツアーに行《い》ってました！〉

〈先生《せんせい》に色目使《いろめつか》ってテストの問題《もんだい》教《おし》えてもらってるってw〉

〈給食持《きゅうしょくも》ち帰《かえ》ってるらしいよ〉

クラス中《じゅう》が、どっと笑《わら》いに包《つつ》み込《こ》まれた。

「良《よ》かったね、高校《こうこう》行《い》けるようになってさ」

「給食《きゅうしょく》持《も》ち帰《かえ》るなら、ちゃんと給食費《きゅうしょくひ》払《はら》えよな～」

ヤジが飛《と》ぶなか、顔《かお》が真《ま》っ赤《か》になった芽衣《めい》が黒板《こくばん》に駆《か》け寄《よ》る。消《け》そうとするが、黒板消《こくばんけ》しがない。教卓《きょうたく》の下《した》や教壇《きょうだん》の周《まわ》りを必死《ひっし》に捜《さが》す。その泣《な》きそうな顔《かお》に、周囲《しゅうい》のみんなは笑《わら》いが止《と》まらない。その時《とき》、チャイムが鳴《な》り響《ひび》いた。もうすぐ先生《せんせい》が来《き》てしまう。

「……やだあっ……」

思《おも》い余《あま》った芽衣《めい》は、制服《せいふく》の袖《そで》を黒板《こくばん》にこすりつけた。紺色《こんいろ》の制服《せいふく》が、チョークの粉《こな》で白《しろ》くなっていく。字《じ》は薄《うす》くはなるものの、きれいには消《き》えない。芽衣《めい》は制服《せいふく》のブレザーを脱《ぬ》いで、ごしごしと黒板《こくばん》を拭《ふ》いていった。その背中《せなか》に、何《なに》かが投《な》げつけられた。

「いたっ……」

足元《あしもと》に落《お》ちたのは、牛乳《ぎゅうにゅう》パックだった。飲《の》みかけらしく、刺《さ》さったストローからどくどくと牛乳《ぎゅうにゅう》があふれ出《で》ている。

「きったねー」

「それもきれいに拭《ふ》けよ！」

そう言《い》うと、ひとりの男子《だんし》が芽衣《めい》から黒板《こくばん》を拭《ふ》いていたブレザーを取《と》り上《あ》げ、床《ゆか》に広《ひろ》がった牛乳《ぎゅうにゅう》の上《うえ》にのせると、足《あし》でそれを拭《ふ》き始《はじ》めた。

「やめて！」

「そら、きれいになった」

そう言《い》うと、男子《だんし》は牛乳《ぎゅうにゅう》を吸《す》い込《こ》んだブレザーを足《あし》で芽衣《めい》に向《む》かって蹴《け》り上《あ》げた。

「あー、いいとこに雑巾《ぞうきん》があって、助《たす》かったわ」

どっと起《お》こった笑《わら》い声《ごえ》のなか、芽衣《めい》は牛乳《ぎゅうにゅう》のしたたるブレザーを抱《だ》きしめた。チョークで白《しろ》くなり、本当《ほんとう》に雑巾《ぞうきん》のようだ。

「ざまあ」

その様子《ようす》を見《み》て、麻友美《まゆみ》が口元《くちもと》を歪《ゆが》めながら言《い》った。

「本当《ほんとう》に、みんなもノッてくるね。楽《たの》しいわ〜。次《つぎ》はどうしたらいい？　加藤《かとう》さん」

麻友美《まゆみ》に話《はな》しかけられ、亜月《あつき》は読《よ》んでいた英語《えいご》の参考書《さんこうしょ》から目《め》を上《あ》げた。泣《な》きそうな芽衣《めい》の顔《かお》が目《め》に入《はい》る。また亜月《あつき》の心《こころ》がすうっとする。

みんな、バカばっかり。あたしの言《い》った通《とお》りに黒板《こくばん》に悪口《わるくち》書《か》いて。はやし立《た》てて、傷《きず》つけて、もっと調子《ちょうし》にのって……あたしの、思《おも》った通《とお》りに。みんなみんな、バカばっかり。

そう思《おも》うことは、気持《きも》ちが良《よ》かった。塾《じゅく》で三羽《さんば》ガラスからバカにされてばかりだが、ここではあたしなんかよりもっとバカがたくさんいる。

亜月《あつき》は悲《かな》しそうな芽衣《めい》を見《み》て、それを楽《たの》しそうに見《み》ているクラスメートたちを見《み》て、心《こころ》から安《あん》どしていた。


今回《こんかい》も、テストの結果《けっか》が全国《ぜんこく》で13位《い》と好成績《こうせいせき》だった。

「最近《さいきん》、全国《ぜんこく》20位《い》以内《いない》をずっとキープ出来《でき》てるじゃない。いい調子《ちょうし》ね」

パソコンの画面《がめん》を見《み》ながら、母《はは》はご満悦《まんえつ》だ。ここのところ亜月《あつき》の成績《せいせき》がいいので、母《はは》はパソコンの前《まえ》から離《はな》れない。結果《けっか》が出《で》る日《ひ》は成績《せいせき》がアップされる時間《じかん》よりずっと前《まえ》からスタンバイし、それ以外《いがい》の日《ひ》は今《いま》まで取《と》った好成績《こうせいせき》を何度《なんど》も見直《みなお》しニヤニヤしている。

「ただいま。ちょっと、着替《きが》え用意《ようい》してくれないか？」

父《ちち》がリビングに入《はい》ってくるなり、慌《あわ》ただしく言《い》った。

「え、また今日《きょう》も夜勤《やきん》？」

「ああ。今日手術《きょうしゅじゅつ》した患者《かんじゃ》さんが、血圧《けつあつ》が安定《あんてい》しなくてね。ＩＣＵ《アイシーユー》に入《はい》ったから、三時間《さんじかん》おきに様子《ようす》を見《み》なければならないんだ」

「看護師《かんごし》さんに任《まか》せればいいじゃないの」

「もちろん看護師《かんごし》も看《み》てるよ。でも私《わたし》の患者《かんじゃ》さんだから」

そうですか、と、ため息《いき》をついて、母《はは》は着替《きが》えを取《と》りにリビングから出《で》ていった。

いつも患者中心《かんじゃちゅうしん》、仕事中心《しごとちゅうしん》の父《ちち》に、母《はは》は不満《ふまん》がいっぱいだ。それなのに、亜月《あつき》にも医者《いしゃ》への道《みち》を歩《あゆ》ませようとしているのだから、不思議《ふしぎ》だ。

「最近《さいきん》、どうだ？」

パソコンで成績《せいせき》チェックしている亜月《あつき》に、父《ちち》が声《こえ》をかけた。

「うん、絶好調《ぜっこうちょう》。今回《こんかい》も、全国《ぜんこく》13位《い》だったよ。もう、浦一理数《うらいちりすう》コースもちょろいって感《かん》じかな。浦一理数《うらいちりすう》コースで、いつも全国上位《ぜんこくじょうい》に入《はい》る三羽《さんば》ガラスって言《い》われる子《こ》たちがいるんだけど、その子《こ》たちともライバルって感《かん》じ。こないだもね……」

なぜだろう、信《しん》じられないほどスラスラと、嘘《うそ》が口《くち》から流《なが》れ出《で》る。話《はな》している間《あいだ》に、話《はなし》の内容《ないよう》が本当《ほんとう》のように思《おも》えてくるくらい。あたしは本当《ほんとう》に塾《じゅく》でトップレベルで、頭《あたま》が良《よ》く

て、エリートで……しかし、

「お父《とう》さんは、お前《まえ》のことを聞《き》いているんだ」

ペラペラと口《くち》から流《なが》れ出《で》る嘘《うそ》を、父《ちち》がせき止《と》めた。

あたし……？　亜月《あつき》は少《すこ》し考《かんが》え、

「別《べつ》に……、特《とく》に何《なん》にもないよ」

「前《まえ》、いい友達《ともだち》が出来《でき》たって言《い》ってただろう？　クラスの、勉強教《べんきょうおし》えてるって、あの子《こ》……」

名前《なまえ》を思《おも》い出《だ》そうとしている父《ちち》に、亜月《あつき》はびっくりした。そんなこと、お父《とう》さん覚《おぼ》えてたんだ。だが、今《いま》の亜月《あつき》はあの時《とき》の亜月《あつき》ではなく、芽衣《めい》もあの時《とき》の芽衣《めい》ではない。そのことに、亜月《あつき》は何《なに》か背中《せなか》がひんやりした。

「そんな子《こ》、もうどうでもいいでしょ」

話《はなし》を聞《き》いていたのか、母《はは》が父《ちち》の着替《きが》えの入《はい》ったボストンバッグを運《はこ》びながら言《い》った。

「それより、亜月《あつき》の塾《じゅく》の成績《せいせき》を見《み》てよ！　もう、ここまで出来《でき》てたら、浦一理数科《うらいちりすうか》は合格《ごうかく》確実《かくじつ》でしょ。学校《がっこう》の勉強《べんきょう》なんて、物足《ものた》りないんじゃない？　あなた今《いま》まで皆勤賞《かいきんしょう》だったんだから、出席日数計算《しゅっせきにっすうけいさん》しながら学校《がっこう》なんて休《やす》んで、家《いえ》や塾《じゅく》の自習室《じしゅうしつ》で受験勉強《じゅけんべんきょう》したら？ そうしたら、もっと上《うえ》に行《い》けるんじゃない？」

母《はは》がホクホクと言《い》う。しかしそんな母《はは》に、父《ちち》はポツリと「バカなことを」と言《い》った。

母《はは》はそれを聞《き》き逃《のが》さなかった。自分《じぶん》の意見《いけん》をバカにされたのに腹《はら》が立《た》ったのかムキになり、

「バカなことって、どういうこと!? 学校《がっこう》なんて、時間《じかん》がもったいないだけよ！ 家庭科《かていか》とか体育《たいいく》とか、全然受験《ぜんぜんじゅけん》に関係《かんけい》ないものに時間《じかん》取《と》られて……こないだなんて浴衣《ゆかた》を縫《ぬ》う宿《しゅく》題《だい》なんて出《で》て、もうホント時間《じかん》もったいないから、あたしが縫《ぬ》ってあげたのよ！」

三羽《さんば》ガラスのは、亜月《あつき》が縫《ぬ》った。母《はは》の言《い》うくだらないことを、三羽《さんば》ガラスからは全《すべ》て亜《あ》月《つき》に押《お》しつけられ、本当《ほんとう》は亜月《あつき》は勉強《べんきょう》する時間《じかん》など全《まった》くないことを、母《はは》は知《し》らない。この成績《せいせき》は嘘《うそ》に塗《ぬ》り固《かた》められた、メッキでしかないことも。母《はは》の言葉《ことば》を聞《き》きながら、亜月《あつき》は笑《わら》い出《だ》しそうになった。

あたしは、一体何《いったいなに》をしてるんだろう。

父《ちち》が腕時計《うでどけい》を見《み》て、母《はは》が準備《じゅんび》したボストンバッグを手《て》にした。

「じゃあ、行《い》ってくる」

「あなた！」

母《はは》の声《こえ》が、リビングから出《で》ていこうとする父《ちち》の背中《せなか》を追《お》う。

「あなたも、もう少《すこ》し亜月《あつき》の応援《おうえん》してくださいよ！　いつもいつも仕事《しごと》でいないんだから、家《いえ》に帰《かえ》った時《とき》くらい……」

母《はは》が言《い》うのと同時《どうじ》に、父《ちち》が亜月《あつき》に振《ふ》り返《かえ》った。父《ちち》は亜月《あつき》をまっすぐ見《み》つめ、聞《き》いた。

「亜月《あつき》は、何《なに》になりたい？」

「医者《いしゃ》」

迷《まよ》わず答《こた》える。ずっと前《まえ》から決《き》まっている。「お父《とう》さんみたいな、医者《いしゃ》になる」

普通父親《ふつうちちおや》なら、父《ちち》のようになりたいと言《い》われれば、嬉《うれ》しそうに顔《かお》をほころばせるだろう。

しかし亜月《あつき》の父《ちち》は、その言葉《ことば》に表情《ひょうじょう》ひとつ変《か》えなかった。

「どうしてだ？」

……どうして……？　亜月《あつき》は心《こころ》の中《なか》に理由《りゆう》を探《さが》した。どうして、……それは……それは
……それは……亜月《あつき》は、ごくりと息《いき》をのんだ。

答《こた》えが、見《み》つからない。

亜月《あつき》の答《こた》えを待《ま》つことなく、父《ちち》は出《で》ていった。父《ちち》を追《お》うように見送《みおく》った後《あと》、リビングに戻《もど》った母《はは》は、固《かた》まったようにパソコンの前《まえ》に座《すわ》り続《つづ》けている亜月《あつき》の肩《かた》に手《て》を置《お》いた。

「お父《とう》さんはああ言《い》ったけど、医学部《いがくぶ》に行《い》って国家試験《こっかしけん》に受《う》からないと、お医者《いしゃ》にはなれないんだから。結局《けっきょく》は、成績《せいせき》よ。今《いま》は成績《せいせき》のことが一番《いちばん》だからね」

頑張《がんば》って、と、母《はは》は亜月《あつき》の肩《かた》をポンポンと叩《たた》いた。

しかし、それでも亜月《あつき》は動《うご》けなかった。父《ちち》の言葉《ことば》が、心《こころ》に突《つ》き刺《さ》さっていた。

どうして、医者《いしゃ》になりたい？

あたしは今《いま》、医者《いしゃ》になろうとしてる？

あたしが今《いま》していることは、なんなんだろう。

塾《じゅく》のテストでいい成績取《せいせきと》ることを目標《もくひょう》にして、カンニングして上位《じょうい》に入《はい》って、そのせいで塾《じゅく》では虫《むし》けらのような扱《あつか》いを受《う》けて。

虫《むし》けら。あたしは、三羽《さんば》ガラスが自分《じぶん》にしてるのと同《おな》じことを、芽衣《めい》にしている。芽衣《めい》だけじゃない。クラスのみんなを虫《むし》けら扱《あつか》いして、バカにして……心《こころ》から憎《にく》んでる三羽《さんば》ガラスと同《おな》じことを、あたしも。
これが、今《いま》、あたしの歩《ある》いてる道《みち》。
こんなズルくて、汚《きたな》くて、醜《みにく》いのが……今《いま》の、自分《じぶん》。
心《こころ》が冷《つめ》たく凍《こお》りついていく。亜月《あつき》は頭《あたま》が真《ま》っ暗《くら》になるのを感《かん》じた。
あたしは、一体《いったい》、何《なに》をしているんだろう。

六

七月《しちがつ》に入《はい》っても、相変《あいか》わらず雨《あめ》が続《つづ》いている。鉛色《なまりいろ》の空《そら》から、絹糸《きぬいと》のような雨《あめ》が絶《た》え間《ま》なく降《ふ》り続《つづ》く。そのなかを歩《ある》く亜月《あつき》の靴《くつ》が水《みず》たまりに入《はい》り、靴下《くつした》が濡《ぬ》れた。真《ま》っ白《しろ》な靴下《くつした》に茶色《ちゃいろ》のシミが大《おお》きく広《ひろ》がっていくが、そんなことを気《き》にかける余裕《よゆう》はすでに亜月《あつき》にはなかった。

今日《きょう》の塾《じゅく》のテストは、特別《とくべつ》なものなのだ。

志望校《しぼうこう》を判定《はんてい》するテストで、これで夏期講習《かきこうしゅう》のクラスが決《き》まる。今浦一理数《いまうらいちりすう》コースにいる塾生《じゅくせい》でも、今回《こんかい》のテストでC判定《シーはんてい》がつくと、受験《じゅけん》の天王山《てんのうざん》と言《い》われる夏期講習《かきこうしゅう》を下《した》のクラスで受《う》けなくてはならないのだ。そうなると、絶対浦一理数合格《ぜったいうらいちりすうごうかく》なんて、不可能《ふかのう》になってしまう。

どうして医者《いしゃ》になりたいのか。

父《ちち》の問《と》いが頭《あたま》の中《なか》で何度《なんど》も繰《く》り返《かえ》される。じゃあ、あたしは今《いま》どこに向《む》かっているのか。

成績《せいせき》を上《あ》げるためにカンニングまでして、心《こころ》の中《なか》には醜《みにく》くて、暗《くら》くて、汚《きたな》い物《もの》ばかりでいっぱいになって。こんなあたしは、一体《いったい》、何者《なにもの》になればいいのか。

重《おも》い傘《かさ》を肩《かた》で支《ささ》えながら、俯《うつむ》き加減《かげん》で歩《ある》く。その背中《せなか》を、冷《つめ》たいとがったものが突《つ》いた。振《ふ》り返《かえ》ると、三羽《さんば》ガラスが笑《わら》っていた。傘《かさ》の先《さき》で突《つ》つかれた背中《せなか》が汚《よご》れている。

「どうしたの？　元気《げんき》ないじゃない」

絵美里《えみり》がニッコリと笑《わら》う。亜月《あつき》もそれに答《こた》えるように口《くち》の両端《りょうはし》を上《あ》げた。頬《ほお》の辺《あた》りが引きつるが、なんとか笑顔《えがお》を作《つく》れた。

「そ、そう？　元気《げんき》だけど」

「元気《げんき》なの？　うらやましいわー。あたしは昨日徹夜《きのうてつや》で勉強《べんきょう》したから、眠《ねむ》くて眠《ねむ》くて。ほら、今日《きょう》は大切《たいせつ》なテストだから」

ねー、と三人《さんにん》が顔《かお》を見合《みあ》わせて、あくびをしたり肩《かた》をもみほぐしたりしてみせた。愛想《あいそ》笑《わら》いをしながら見《み》ている亜月《あつき》に、絵美里《えみり》が続《つづ》けた。

「だから、今日《きょう》はテスト見《み》せなくてもいい？」

「えっ……？」

亜月《あつき》の頬《ほお》から、愛想笑《あいそわら》いが消《き》えた。すうっと顔色《かおいろ》が失《う》せる。

「待《ま》って、それって……」

「だからあ、見《み》せたくないって言《い》ってるの。あたしたちが寝《ね》ないで勉強《べんきょう》したことを、なんで何《なん》にもしてないあなたに見《み》せて、同《おな》じような点数取《てんすうと》らせてあげなきゃならないの？」

絵美里《えみり》は不満《ふまん》そうな口調《くちょう》で言《い》った。

亜月《あつき》は信《しん》じられなかった。今更《いまさら》、何《なに》を言《い》ってるの？　あれだけ色《いろ》んな雑用《ざつよう》を押《お》しつけて、亜月《あつき》の勉強《べんきょう》する時間《じかん》を奪《うば》って、すっかり遅《おく》れさせておきながら。楽《らく》して、何《なに》もしてない？

誰《だれ》のことを言《い》っているの？

「そんな、今更《いまさら》……」

「困《こま》る？」

困《こま》る？　困《こま》るに決《き》まってる。亜月《あつき》は大《おお》きくうなずいた。必死《ひっし》だった。さっきまでの『自《じ》分《ぶん》はどこに向《む》かっているのか』などという悩《なや》みなど、どこかに消《き》え去《さ》ってしまっていた。

とにかく、テストを見《み》せてもらわないと、困《こま》る。今更何《いまさらなに》も分《わ》からないテストに向《む》かう勇気《ゆうき》など、亜月《あつき》にはなかった。

「でも、どうしようかな」

「ねえ、困《こま》るの。今更《いまさら》、そんなこと言《い》わないで！」

絵美里《えみり》にしがみつかんばかりに、亜月《あつき》は訴《うった》えた。絵美里《えみり》がそんな亜月《あつき》をじっと見《み》つめる。

冷《つめ》たい、蔑《さげす》むような目《め》で。

「じゃあ、お願《ねが》いしなさいよ」

「え？」

「あたしたち三人《さんにん》の靴《くつ》をなめて、お願《ねが》いだから見《み》せてくださいと、言《い》いなさいよ。そうしたら、見《み》せてあげる」

なめる……靴《くつ》を？　三人《さんにん》の靴《くつ》はぬかるみを歩《ある》いてきたらしく、あちこち泥《どろ》がこびりついている。この靴《くつ》を……？

言葉《ことば》を失《うしな》って立《た》ち尽《つ》くす亜月《あつき》に、雪音《ゆきの》が笑《わら》いながら言《い》った。

「出来《でき》ないの？　じゃあ、この話《はなし》はなかったということで」

「行《い》こうか」

「……待《ま》って！」

塾《じゅく》の方《ほう》に向《む》かおうとした三人《さんにん》の前《まえ》に、亜月《あつき》は回《まわ》り込《こ》んだ。そして、傘《かさ》を横《よこ》に置《お》き、三人《さんにん》の足元《あしもと》にひざまずいた。降《ふ》り続《つづ》ける雨《あめ》にぐっしょりと濡《ぬ》れながら、亜月《あつき》は三人《さんにん》の靴《くつ》に顔《かお》を近《ちか》づけた。泥《どろ》まみれの三人《さんにん》の靴《くつ》。普段《ふだん》であれば、手《て》で触《さわ》ることも嫌《いや》なくらいの汚《よご》れ方《かた》だ。

嫌《いや》だ、こんなの……したくない。したくない。でも……。

「……お願《ねが》いです、見《み》せてください」

亜月《あつき》は、まず絵美里《えみり》の靴《くつ》をなめ、次《つぎ》に雪音《ゆきの》、恵麻《えま》の靴《くつ》をなめた。

「うわ、本当《ほんとう》にやったわ！」

「あなた、犬《いぬ》？　人《ひと》としてのプライドないの⁉」

三人《さんにん》の笑《わら》い声《ごえ》が、耳《みみ》に残酷《ざんこく》に響《ひび》く。

プライド。そうだ。亜月《あつき》が今《いま》の自分《じぶん》が分《わ》からなくなっている原因《げんいん》は、これだ。プライド。今《いま》の亜月《あつき》には、プライドなどなくなっていた。守《まも》らなくてはならないものも、生《い》きる価値《かち》も、もう何《なに》ひとつ、残《のこ》っていなかった。

「かわいい犬《いぬ》になったら、あたしたちのペットにしてあげてもいいわよ」

このアイディアが余程《よほど》気《き》に入《い》ったのか、歌《うた》うように絵美里《えみり》が言《い》った。すると雪音《ゆきの》も楽《たの》し

そうに、

「そうね。じゃあ、可愛《かわい》いペットに名前《なまえ》をつけてあげなきゃ。なんにする？」

「うちのトイプードル、ハナっていうんだけど」

「ハナちゃん？　可愛《かわい》い！　そうだ、じゃあハナちゃんにちなんで、クソは？　続《つづ》けて言《い》うと……」

雪音《ゆきの》の言葉《ことば》に三人《さんにん》は爆笑《ばくしょう》した。

〈ハナクソ〉……亜月《あつき》は思《おも》わず顔《かお》をしかめた。すると、絵美里《えみり》はそれを見逃《みのが》さず、打《う》って変《か》わった攻撃的《こうげきてき》な眼差《まなざ》しを亜月《あつき》に突《つ》き刺《さ》した。

「何《なに》？　気《き》に入《い》らないって言《い》うの？」

「あんた、そんなこと言《い》える立場《たちば》なの？　飼《か》い主《ぬし》に反抗《はんこう》する犬《いぬ》なんてすぐに捨《す》ててやる」

「あんたの場合《ばあい》、塾《じゅく》の職員室《しょくいんしつ》に捨《す》ててやる……だけどね」

恵麻《えま》がヒヤリと冷《つめ》たい笑《え》みを見《み》せる。それは、本気《ほんき》の目《め》だった。いつでも、息《いき》の根《ね》を止《と》めることが出来《でき》るのよ。あたしたちには、あんたの。

亜月《あつき》は、慌《あわ》てて笑顔《えがお》を作《つく》った。そして、「ありがとう、素敵《すてき》な名前《なまえ》！」と嬉《うれ》しそうに言《い》った。

しかし、三人《さんにん》はそんな亜月《あつき》に、また不快《ふかい》な表情《ひょうじょう》を見《み》せる。今度《こんど》は何《なに》が気《き》に入《い》らない……？

三人《さんにん》の表情《ひょうじょう》のひとつひとつに心臓《しんぞう》がキリキリとえぐられるように痛《いた》む。

「生意気《なまいき》なのよ」

絵美里《えみり》が低《ひく》く言《い》った。

「犬《いぬ》なら犬《いぬ》らしく、鳴《な》きなさいよ。何《なん》で人間《にんげん》の言葉《ことば》しゃべってるの？」

「……ワン！」

亜月《あつき》が犬《いぬ》の鳴《な》きまねをする。すると、三人《さんにん》は機嫌《きげん》を直《なお》し、また笑《え》みを見《み》せた。

「よーしよし、クソ！　ほら、これ取《と》っておいで！」

絵美里《えみり》がペンケースから消《け》しゴムを取《と》り出《だ》し、それを遠《とお》くに放《ほう》り投《な》げた。

もう戸惑《とまど》う暇《ひま》などない。亜月《あつき》はワン、ともう一度《いちど》鳴《な》きまねをすると、傘《かさ》を放《ほう》り出《だ》して雨《あめ》の中《なか》消《け》しゴムの方《ほう》に駆《か》け出《だ》した。後《うし》ろから三人《さんにん》が爆笑《ばくしょう》する声《こえ》が聞《き》こえる。

犬扱《いぬあつか》いされようが、クソ扱《あつか》いされようが、もう亜月《あつき》はかまわなかった。

これでテストを見《み》せてもらえる。これで、今回《こんかい》も上位《じょうい》に入《はい》れる、浦一《うらいち》理数《りすう》コースで夏期《かき》講習《こうしゅう》を受《う》けられる。
これで……。

ペンが走《はし》る音《おと》の間《あいだ》を縫《ぬ》うように、試験官《しけんかん》の足音《あしおと》が響《ひび》く。それが遠《とお》ざかったすきを見計《みはか》らって、絵美里《えみり》がそっと脇《わき》を開《ひら》いた。隙間《すきま》から答案用紙《とうあんようし》が見《み》える。それを亜月《あつき》が猛《もう》スピードで書《か》き写《うつ》していく。

口《くち》の中《なか》はまだ泥《どろ》の味《あじ》がする。何度《なんど》もうがいをしても、口中《くちじゅう》にこびりついているようだ。それでも、そのおかげで、今回《こんかい》もテストの答案用紙《とうあんようし》は順調《じゅんちょう》に埋《う》めていける。これでいつも通《どお》りの点数《てんすう》を取《と》れれば、浦一理数《うらいちりすう》コースの夏期講習《かきこうしゅう》に参加《さんか》できる。これで、とりあえず安心《あん》《しん》だ。どうなることかと思《おも》ったけど、良《よ》かった。亜月《あつき》は大急《おおいそ》ぎで絵美里《えみり》の答案用紙《とうあんようし》を写《うつ》しながら、胸《むね》をなで下《お》ろした。本当《ほんとう》に、良《よ》かった……。

「君《きみ》」

いきなり、手首《てくび》をつかまれた。ハッと見上《みあ》げると、亜月《あつき》を見下《みお》ろす試験官《しけんかん》の厳《きび》しい顔《かお》が目《め》に入《はい》る。何《なに》が起《お》こったのか、とっさには分《わ》からなかった。うつろに目《め》を見開《みひら》く亜月《あつき》の手《て》元《もと》から、試験官《しけんかん》が答案用紙《とうあんようし》を引《ひ》き抜《ぬ》いて折《お》りたたんだ。

「試験会場《しけんかいじょう》から、出《で》ていきなさい」

その言葉《ことば》で、亜月《あつき》はやっと今起《いまお》きていることが理解《りかい》できた。心《こころ》がグーッと凍《こお》りつき、頭《あたま》が真《ま》っ白《しろ》になった。

バレた。

バレてしまった。

カンニングが。

もう、おしまいだ……。


「一体《いったい》、どういうことなの!?」

怒鳴《どな》る声《こえ》が震《ふる》えている。

声《こえ》だけではない。母《はは》の手《て》も、体《からだ》も、ガクガクと震《ふる》えている。いつも亜月《あつき》に小言《こごと》を言《い》い、決《けっ》して穏《おだ》やかとは言《い》えない母《はは》であった。だが、ここまで激《はげ》しく怒《おこ》る姿《すがた》は初《はじ》めてだ。しかし亜月《あつき》はそんな母《はは》の怒《いか》りを、謝《あやま》ることも、反抗《はんこう》することもせず、ただ黙《だま》って受《う》け止《と》めている。

いや、受《う》け止《と》めるというより、受《う》け流《なが》すというのか、聞《き》いていないようにも見《み》える。身動《みうご》きもせず、ずっとうつむいている。

塾《じゅく》のテストから、帰《かえ》ってからずっと。


不正《ふせい》をしたということで、亜月《あつき》は塾《じゅく》のテスト会場《かいじょう》から退場《たいじょう》させられた。

亜月《あつき》が移《うつ》された別室《べっしつ》には、苦虫《にがむし》を噛《か》み潰《つぶ》したような顔《かお》の室長《しつちょう》が待《ま》っていた。そこで、告《つ》げられた。ここのところのテストで、絵美里《えみり》と亜月《あつき》の答案《とうあん》がほとんど同《おな》じだと、塾内《じゅくない》で問《もん》題《だい》になっていたらしい。マークされていた亜月《あつき》は予想通《よそうどお》り今回《こんかい》のテストでもカンニング行《こう》為《い》をして、それが見《み》つかってしまった……そういう話《はなし》だった。

そうか、バレていたんだ……。亜月《あつき》はボンヤリと思《おも》った。そりゃそうだ。いつもいつも、絵美里《えみり》と同《おな》じ解答《かいとう》を書《か》いていたら、当然変《とうぜんへん》だと思《おも》われるはずだ。最初《さいしょ》は別《べつ》にして、亜月《あつき》には、そうせざるを得《え》ない理由《りゆう》があった。三羽《さんば》ガラスに押《お》しつけられた雑用《ざつよう》のせいで全《まった》く勉《べん》強《きょう》が出来《でき》なくなり、絵美里《えみり》の答案《とうあん》を写《うつ》すしか、テストを受《う》ける手段《しゅだん》がなかった。見《み》せてもらうために、徹夜《てつや》して家庭科《かていか》の裁縫《さいほう》をやって、雑用《ざつよう》を引《ひ》き受《う》けて、挙《あ》げ句《く》の果《は》てに靴《くつ》までなめさせられて……そこまでしても、結局《けっきょく》カンニングはばれていて。

「これが初《はじ》めてなら、次《つぎ》のチャンスをあげてもいいんだがね。何度《なんど》もやってるだろう？」

あきれたような、冷《つめ》たい室長《しつちょう》の言葉《ことば》に、亜月《あつき》は力《ちから》なくうなずく。室長《しつちょう》はわざとらしいほど大《おお》きなため息《いき》をついた。

「どうしたものか、講師《こうし》の先生方《せんせいがた》と相談《そうだん》して、決《き》めます。ここは塾《じゅく》だから、カンニングしても処罰《しょばつ》などはないけれど、入試本番《にゅうしほんばん》でやったら、下手《へた》したら一生《いっしょう》を棒《ぼう》に振《ふ》ることになる。君《きみ》が思《おも》うように、入試《にゅうし》は甘《あま》くないぞ」

そんなこと、亜月《あつき》にはいやというほど分《わ》かっている。そうでなければ、カンニングなどしていないのだ。


「一体《いったい》、何《なに》を考《かんが》えているの⁉　ずっとカンニングして、それでいい成績取《せいせきと》ってたなんて、ずっとお母《かあ》さんをだましてたのね⁉」

怒鳴《どな》り続《つづ》ける母《はは》の目《め》に、涙《なみだ》が浮《う》かんでいた。父《ちち》はその隣《となり》で、腕《うで》を組《く》んだままじっと目《め》を閉《と》じている。

亜月《あつき》が帰《かえ》ってくるより先《さき》に、塾《じゅく》から家《いえ》に連絡《れんらく》が入《はい》っていたのだ。お宅《たく》のお嬢《じょう》さんが、不《ふ》正《せい》を行《おこな》いました。しかも、今《いま》までに何度《なんど》も、と、亜月《あつき》が言《い》われたことと同《おな》じことを、室長《しっちょう》から母《はは》に伝《つた》えられていた。母《はは》にとって当然《とうぜん》寝耳《ねみみ》に水《みず》の話《はなし》で、取《と》り乱《みだ》した母《はは》が病院《びょういん》にいた父《ちち》を「大変《たいへん》なことが起《お》こった」と呼《よ》び戻《もど》していたのだ。帰《かえ》った途端《とたん》に亜月《あつき》を待《ま》っていたのは、怒《いか》りの大波《おおなみ》にのみ込《こ》まれ荒《あ》れくるった母《はは》と、無表情《むひょうじょう》で押《お》し黙《だま》った父《ちち》だった。

なんで、そんなことをしたのだ、とは、母《はは》は一言《ひとこと》も聞《き》かない。ただ亜月《あつき》を責《せ》めるだけだ。誰《だれ》も、亜月《あつき》のことを分《わ》かってくれようとはしない。亜月《あつき》がどれだけ苦《くる》しんだか、追《お》い詰《つ》められてきたか、誰《だれ》ひとりとして、知《し》ろうとしてくれない。

みんな、本当《ほんとう》はあたしのことなんて、どうでもいいんだ。

亜月《あつき》は、母《はは》の怒《いか》りの波《なみ》に打《う》たれながら、ぼんやりと思《おも》った。

「亜月《あつき》！　ちゃんと聞《き》きなさい!!」

何《なに》も答《こた》えない亜月《あつき》の頬《ほお》を、母《はは》が平手《ひらて》で打《う》った。

「何《なに》も、殴《なぐ》ることないだろう」

興奮《こうふん》する母《はは》をなだめるように父《ちち》が肩《かた》に触《ふ》れるが、母《はは》はその手《て》を振《ふ》り払《はら》った。

「殴《なぐ》っても、足《た》りないわよ！　この子《こ》、あたしたちを裏切《うらぎ》ってきたのよ⁉　もう、ずっと、ずっと……！」

そう言《い》って、母《はは》はついに泣《な》き崩《くず》れた。父《ちち》はその背中《せなか》をなでながら、亜月《あつき》を見上《みあ》げた。

「亜月《あつき》。少《すこ》し、塾《じゅく》は休《やす》め」

塾《じゅく》を休《やす》む……？　それはつまり、受験《じゅけん》をあきらめろということ……？　もう無理《むり》だって

……あたしには、浦一理数《うらいちりすう》に行《い》くことが、医学部《いがくぶ》に行《い》くことが、医者《いしゃ》になることが、無理《むり》だって……そういうこと……？　父《ちち》の言葉《ことば》に、亜月《あつき》の心臓《しんぞう》は貫《つらぬ》かれた。血《ち》がドクドクと流《なが》れ出《だ》す。痛《いた》い、痛《いた》い痛《いた》い痛《いた》い……気《き》が遠《とお》くなるほど痛《いた》むのに、亜月《あつき》の表情《ひょうじょう》は変《か》わらない。どこか、ねじを一本《いっぽん》失《な》くしてしまったみたいだ。心《こころ》と表情《ひょうじょう》をつなぎ合《あ》わせる何《なに》かが、スポンと抜《ぬ》けて、どこかに行《い》ってしまった。

「何言《なにい》ってるの⁉　今塾《いまじゅく》を休《やす》んだら、勉強《べんきょう》が遅《おく》れるじゃないの！　カンニングしなきゃならないくらい出来《でき》てないのに、これ以上遅《いじょうおく》れたら、もう浦一《うらいち》なんて受《う》からなくなっちゃうわよ！　そんなことになったら、最後《さいご》よ！　最後《さいご》‼」

嚙《か》みつくように母《はは》が父《ちち》を怒鳴《どな》りつけ、「もう、終《お》わりよ‼」と叫《さけ》んでまたうわーっと泣《な》

き出《だ》した。

最後《さいご》。勉強《べんきょう》が出来《でき》なくなったら。浦一《うらいち》に受《う》からなかったら。

今《いま》のあたしには、もう何《なに》ひとつ、価値《かち》がなくなってしまったのだ。勉強《べんきょう》が出来《でき》るということだけしか存在意味《そんざいいみ》がなかったのだから。カンニングなんてした自分《じぶん》には、もう誰《だれ》からも必要《ひつよう》とされる資格《しかく》などない。愛《あい》される資格《しかく》など、ない。

亜月《あつき》は、自分《じぶん》の中《なか》が空《から》っぽなことに気《き》がついた。あたしなんて、何《なん》にもないんだ。

泣《な》き続《つづ》ける母《はは》に、その背中《せなか》をさする父《ちち》を見《み》ながら、亜月《あつき》は思《おも》った。

消《き》えてしまいたい……もう、あたしなんて。


どんな時《とき》でも時間《じかん》はたち、夜《よ》が明《あ》ける。絶望《ぜつぼう》の中《なか》にいながらも、翌日《よくじつ》亜月《あつき》はいつものように学校《がっこう》に行《い》き、授業《じゅぎょう》を受《う》け、放課後《ほうかご》を迎《むか》えた。

「もう、やめて……」

芽衣《めい》が拝《おが》むように言《い》うが、誰《だれ》ひとり耳《みみ》を傾《かたむ》ける者《もの》はいない。昼休《ひるやす》みでも、学校《がっこう》の裏庭《うらにわ》は人気《ひとけ》がない……普段《ふだん》であれば。しかし今《いま》は、十数人《じゅうすうにん》の女子《じょし》が集《あつ》まっていた。ニヤニヤ笑《わら》うその手《て》に、ハサミを持《も》って。そして彼女《かのじょ》たちに取《と》り囲《かこ》まれるようにして、芽衣《めい》がうずくまっている。胸《むね》にしっかりと抱《かか》え込《こ》むようにしているカバンも、周《まわ》りに散《ち》らばっている教科《きょうか》書《しょ》やノートも、切《き》り刻《きざ》まれて見《み》るも無残《むざん》な形《かたち》になっていた。

そんな芽衣《めい》の姿《すがた》を亜月《あつき》は教室《きょうしつ》のベランダから見《み》ていた。

「ぎゃはは、面白《おもしろ》ーい、クサイ！　もっと言《い》ってみ、もうやめてって」

「もうやめて、やめてー」

芽衣《めい》の声色《こわいろ》をまねては、みんなで大声《おおごえ》で笑《わら》う。そんなクラスメートたちに、芽衣《めい》は今度《こんど》は口《くち》をつぐんで、ぎゅっとカバンを抱《かか》える手《て》に力《ちから》を込《こ》めた。そんな芽衣《めい》の背中《せなか》を、女子《じょし》のひとりが蹴《け》りつけた。

「何《なに》してんだよ！　あんたみたいな貧乏人《びんぼうにん》、いくら頑張《がんば》ったって、高校《こうこう》なんて行《い》けっこないんだから、勉強《べんきょう》なんてしても無駄《むだ》だろ！」

「どうせゴミにしかならない教科書《きょうかしょ》なんだから、本物《ほんもの》のゴミにしてやるって言《い》ってやってんだよ！」

うずくまる芽衣《めい》の背中《せなか》を蹴《け》りながらみんなで笑《わら》う、その背後《はいご》から声《こえ》が聞《き》こえた。

「あなたたち、何《なに》してるの？」

渡《わた》り廊下《ろうか》から、国語教師《こくごきょうし》の山下《やました》がこちらを見《み》ている。それに気付《きづ》いた女子《じょし》たちは、あわてて その笑顔《えがお》を作《つく》り替《か》えた。うずくまっている芽衣《めい》に優《やさ》しく寄《よ》り添《そ》い、

「や、やめなよ！　草野《くさの》さん！」

心配《しんぱい》そうな声《こえ》を上《あ》げる。

「いくら成績《せいせき》が下《さ》がったからって、教科書《きょうかしょ》切《き》り裂《さ》くこと、ないじゃん！」

「一緒《いっしょ》に受験《じゅけん》まで、頑張《がんば》ろうよ！」

「教科書《きょうかしょ》、切《き》り裂《さ》いたの？」と寄《よ》ってきた山下《やました》に、女子《じょし》たちはさも困《こま》り切《き》ったような顔《かお》を作《つく》り、「そうなんです、草野《くさの》さんが、自分《じぶん》で」と言《い》った。

「この間《あいだ》の小《しょう》テストでクラスで3番《ばん》に下《さ》がったから、もう無理《むり》って言《い》って教室《きょうしつ》飛《と》び出《だ》して」

「なんだか追《お》い詰《つ》められてるみたいで心配《しんぱい》だったから、みんなで追《お》いかけてきて止《と》めたんです」

「……そうなの？」

山下《やました》はちらりと芽衣《めい》を見《み》て、それから女子《じょし》たちに向《む》き直《なお》った。

「何《なに》かあったら、スクールカウンセラーの先生《せんせい》に相談《そうだん》しなさい。受験前《じゅけんまえ》は、精神的《せいしんてき》に色々《いろいろ》あるから」

「はーい！」

女子《じょし》たちの返事《へんじ》にうなずき、山下《やました》は校舎《こうしゃ》の中《なか》へと去《さ》っていった。

みんなすっかり、嘘《うそ》を練《ね》り上《あ》げる腕《うで》は上達《じょうたつ》していた。芽衣《めい》をいじめるのも、そのいじめをばれないように教師《きょうし》に対《たい》して嘘《うそ》をつくのも、受験前《じゅけんまえ》の中学三年生《ちゅうがくさんねんせい》にとってはスッキリと快感《かいかん》を覚《おぼ》える楽《たの》しみとなった。勉強勉強《べんきょうべんきょう》の上《うえ》、内申点《ないしんてん》のために常《つね》に気《き》を遣《つか》い、何《なに》か訳《わけ》の分《わ》からないものに閉《と》じ込《こ》められるようにして暮《く》らす息苦《いきぐる》しさに、いつも支配《しはい》されている生活《せいかつ》だ。このくらいの楽《たの》しみがないと、生《い》きていかれない。

「あ〜あ、楽《たの》しかったわ〜」

楽《たの》しげに笑《わら》いながら、教室《きょうしつ》に女子《じょし》たちがどやどやと戻《もど》ってきた。その群《む》れから離《はな》れ、麻《ま》友美《ゆみ》がベランダにいる亜月《あつき》のところにやってきた。

「いや〜、マジ楽《たの》しかったわ〜。加藤《かとう》さんの思《おも》いつき、いっつもサイコーだね！」

亜月《あつき》のもたれかかってる柵《さく》の隣《となり》に、ドカンと麻友美《まゆみ》がのしかかってきた。そこからは裏《うら》庭《にわ》が見《み》える。さっきの芽衣《めい》を取《と》り囲《かこ》んでのいじめは、亜月《あつき》が考《かんが》えたものだ。亜月《あつき》はしかしそれには加《くわ》わらず、ずっとここで成《な》り行《ゆ》きを見《み》ていた。芽衣《めい》はひとり中庭《なかにわ》に残《のこ》り背中《せなか》を丸《まる》めて引《ひ》き裂《さ》かれた教科書《きょうかしょ》やノートをカバンに入《い》れている。

ダンゴ虫《むし》みたい。亜月《あつき》は、思《おも》うともなしに思《おも》った。あんなにいじめられて、なんで学校《がっこう》に来《き》てるんだろう。何《なに》が楽《たの》しくて、生《い》きているんだろう。あたしは何《なに》ひとつ、何《なに》ひとつとして、楽《たの》しいことなんて、ないのに。もう何《なに》をしても、見《み》ても聞《き》いても、心《こころ》が動《うご》かない。生《い》きているのかどうかも、もう分《わ》からない。

「ねえねえ、次《つぎ》は何《なに》したら面白《おもしろ》いかな？　クサイにさ」

歌《うた》うように麻友美《まゆみ》が言《い》う。

「ホントさ、加藤《かとう》さんセンスいいわ〜。加藤《かとう》さんが言《い》うように、いじめて見《み》つかったらかばうフリをするって、最高《さいこう》おっかしいよね。クサイいじめるのも超楽《ちょうたの》しいけど、先生《せんせい》だますのもマジおかしい。先生《せんせい》って、バカみたいじゃん？　すーぐだまされんの」

バーカ。亜月《あつき》は心《こころ》の中《なか》で思《おも》った。本当《ほんとう》は、先生《せんせい》だって気付《きづ》いてんだよ。あんなのいじめだって。ただ、見《み》たくないだけ。自分《じぶん》が知《し》っているところに、いじめがあるなんて、思《おも》いたくないだけ。責任取《せきにんと》りたくないから。だから、生徒《せいと》の浅《あさ》はかな嘘《うそ》にだまされたフリしてんだよ。

ホント、みんなバカ。麻友美《まゆみ》も、先生《せんせい》たちも、いくらいじめられてものこのこと学校《がっこう》に来続《きつづ》ける芽衣《めい》も。みんなみんな、愚《おろ》かで、下《くだ》らなくて、なんにも価値《かち》なんてなくて……。

「ねえ、だからさ、次《つぎ》、何《なに》する？」

親《した》しい友達《ともだち》が内緒話《ないしょばなし》をするように、麻友美《まゆみ》が腕《うで》をくっつけて耳打《みみう》ちしてくる。やめて。あんたなんて、親《した》しそうにしているけれど、本当《ほんとう》はあたしのことなんてこれっぽっちも分《わ》かってないくせに。あたしのことなんて、好《す》きでもなんでもないくせに。早《はや》く離《はな》れよ。

「……ねえ。あたしの話《はなし》、聞《き》いてる？」

何《なに》も言《い》わない亜月《あつき》に、麻友美《まゆみ》がポツリと言《い》った。さっきまでと違《ちが》う、低《ひく》い声《こえ》。

亜月《あつき》は思《おも》わず麻友美《まゆみ》の顔《かお》に目《め》をやった。麻友美《まゆみ》もジッと亜月《あつき》を見《み》ている。その目《め》も、いつもと違《ちが》う……何《なに》が？　その答《こた》えを出《だ》すように、麻友美《まゆみ》はニヤリと両頬《りょうほほ》に卑《いや》しい笑《え》みを浮《う》かべた。

「ろくに聞《き》いてないよね。どうせ、あたしのことなんてバカにしてんだから」

心《こころ》を見透《みす》かされたことに、亜月《あつき》は思《おも》わず動揺《どうよう》した。

「……え……？」

「気付《きづ》いてないと、思《おも》ってたの？　あんたがあたしたちのことなんて、虫《むし》けらみたいにしか見《み》てないって。分《わ》かってたよ、そんなの、でも、あんたはクサイをいじめるのにいい考《かんが》えいっぱい出《だ》してくれるし、なんたって、テストや宿題《しゅくだい》のことでこっちも便利《べんり》だったから、気《き》にしないでやってたんだけどさ」

「いつまでエラそうにしてんの？　塾《じゅく》で、カンニングしてたくせに」

いつの間《ま》にかベランダに出《で》てきていた女子《じょし》のひとりの言葉《ことば》に、亜月《あつき》は心臓《しんぞう》が凍《こお》りついた。

「……あ……」

体中《からだじゅう》、全《すべ》てが固《かた》まって、言葉《ことば》が出《で》ない。そうだ。この女子《じょし》は、亜月《あつき》と同《おな》じ塾《じゅく》に通《かよ》っている。名前《なまえ》なんかは覚《おぼ》えていない、一番下《いちばんした》のクラスの女子《じょし》だ。そんなクラスにまで、亜月《あつき》のカンニングが知《し》れ渡《わた》っていたのだ。

「あたしたちバカだけど、少《すく》なくともカンニングなんてしないよね～」

笑《わら》いながらそう言《い》うと、麻友美《まゆみ》は亜月《あつき》の肩《かた》を強《つよ》く押《お》した。バランスを失《うしな》って倒《たお》れると、その足《あし》をガツンと蹴《け》られた。

「いたっ……」

「ホントは、ずっとムカついてたんだよ、あんたのこと！」

麻友美《まゆみ》は、今度《こんど》は亜月《あつき》の横腹《よこばら》を蹴《け》りつけた。

「いつもあたしたちのことバカにした目《め》で見《み》て！　あんたの方《ほう》が虫《むし》けらのクセして！」

何度《なんど》も何度《なんど》も亜月《あつき》の体《からだ》に蹴《け》りが入《はい》る。混乱《こんらん》する頭《あたま》の中《なか》で、亜月《あつき》はこれだけはハッキリと気《き》付《づ》かないわけにいかなかった。

いじめのターゲットになった……あたしは、塾《じゅく》だけではなく、学校《がっこう》でまで。

三羽《さんば》ガラスのような上《うえ》の人間《にんげん》ではなく、明《あき》らかに自分《じぶん》より下《した》の麻友美《まゆみ》たちからまで。

「ほら、今《いま》までのこと、謝《あやま》れよ！　今《いま》までバカにしてごめんなさい、あたしの方《ほう》が、あなたたち以下《いか》のバカですって！」

「そうだ、謝《あやま》れよ!!」

麻友美《まゆみ》にならって、他《ほか》の女子《じょし》たちも亜月《あつき》への攻撃《こうげき》に加《くわ》わってきた。ガンガンと骨《ほね》に響《ひび》く。痛《いた》い。痛《いた》い。しかし、暴力《ぼうりょく》への恐怖《きょうふ》よりも、虚《むな》しさの方《ほう》が勝《まさ》っていた。

ああ、あたしは、こんなやつらよりも下《した》になってしまったのか……。

亜月《あつき》はボンヤリとされるがままになっていた。抵抗《ていこう》も、身《み》を庇《かば》うこともしない。もう、どうでもいい。どうなってもいい……あたしなんて。

「ちょっと……死《し》んだんじゃない……？」

声《こえ》も出《だ》さない、動《うご》きもしない亜月《あつき》の様子《ようす》に、集団《しゅうだん》で蹴《け》りつけていた女子《じょし》のひとりが、怯《おび》えたように一歩後《いっぽあと》ずさった。その言葉《ことば》に反応《はんのう》したように、他《ほか》の女子《じょし》たちも蹴《け》るのをやめ、おずおずと下《さ》がっていく。

「ま……麻友美《まゆみ》が、蹴《け》り始《はじ》めたんだよね？　あたし、麻友美《まゆみ》が蹴《け》ったから付《つ》き合《あ》わなきゃかなと思《おも》って、蹴《け》っただけだよ」

「あたし……あたしは、二回《にかい》しか蹴《け》ってない。ていうか、足当《あしあ》てただけだよ。力入《ちからい》れてなかったもん。麻友美《まゆみ》が一番蹴《いちばんけ》ってたよね」

「ちょっと……、あたしだけ？　あんたたちがやらなかったら、あたしも最初《さいしょ》のだけでやめてたよ！」

動《うご》かなくなった亜月《あつき》の様子《ようす》に、すっかり麻友美《まゆみ》たちは怖《おじ》けづいている。あわてて、自分《じぶん》のしたことを棚《たな》に上《あ》げ、必死《ひっし》で責任転嫁《せきにんてんか》をしようとしている。

「……く……」

亜月《あつき》の喉元《のどもと》から、笑《わら》いが込《こ》み上《あ》げた。今《いま》までシンと動《うご》かなかった亜月《あつき》が、倒《たお》れたまま背《せ》中《なか》を丸《まる》めて、くっくっくと笑《わら》い始《はじ》めた。止《と》まらない。笑《わら》いが。

「な……何《なに》、こいつ」

「キモ……」

死《し》んでなかったことに安心《あんしん》しつつも、蹴《け》りまくられたのに笑《わら》っている亜月《あつき》の様子《ようす》に、麻《ま》友美《ゆみ》たちはその得体《えたい》の知《し》れなさから逃《に》げるように教室《きょうしつ》の中《なか》に駆《か》け込《こ》んだ。

誰《だれ》もいなくなったベランダで、亜月《あつき》はゆっくりと立《た》ち上《あ》がった。

今更何《いまさらなに》をされても、もう何《なに》も心《こころ》に響《ひび》くものはない。もう、なんにも……。

教室《きょうしつ》に入《はい》ろうと、ガラス戸《ど》に手《て》をかける。その時《とき》、教室《きょうしつ》に入《はい》ってきた芽衣《めい》と目《め》が合《あ》った。

明《あき》らかに集団《しゅうだん》で暴行《ぼうこう》を受《う》けたと分《わ》かる亜月《あつき》の様子《ようす》に、芽衣《めい》は目《め》を見開《みひら》いた。心配《しんぱい》そうに口《くち》を開《ひら》き、話《はな》しかけようとするのを、亜月《あつき》は目《め》を逸《そ》らして拒《こば》んだ。芽衣《めい》に目《め》を合《あ》わせず机《つくえ》に向《む》かいカバンを手《て》にすると、そのまま教室《きょうしつ》から出《で》ていった。

もう、何《なん》にも触《ふ》れたくない。

触《ふ》れられたくなかった。

「来《き》た来《き》た……」

放課後《ほうかご》の昇降口《しょうこうぐち》。一《いち》、二年生《にねんせい》は部活《ぶかつ》へと散《ち》っていくが、三年生《さんねんせい》は早《はや》くも受験勉強《じゅけんべんきょう》のために引退《いんたい》を待《ま》たずに部活《ぶかつ》をやめ、帰宅《きたく》するものが多《おお》い。みな足早《あしばや》に昇降口《しょうこうぐち》を過《す》ぎ去《さ》っていくなか、麻友美《まゆみ》を中心《ちゅうしん》とした女子《じょし》五人《ごにん》が、靴箱《くつばこ》の陰《かげ》に隠《かく》れるようにしてクスクスと笑《わら》っている。

亜月《あつき》は靴《くつ》を履《は》き替《か》えながら、見《み》るとはなしにその様子《ようす》を見《み》ていた。麻友美《まゆみ》のその生《い》き生《い》きとした表情《ひょうじょう》から見《み》るに、またこれから芽衣《めい》に何《なに》かを仕掛《しか》けるのだろう。麻友美《まゆみ》の芽衣《めい》に対《たい》するいじめはほぼ生《い》きがいといってもいいほどに見《み》える。頬《ほお》の色《いろ》艶《つや》まで違《ちが》って見《み》えるのだ。こと、一番《いちばん》芽衣《めい》に効《き》くだろうと思《おも》われるいじめをするときは。

数日前《すうじつまえ》ベランダで行《おこな》われた亜月《あつき》へのいじめは、幸《さいわ》い激化《げきか》することはなかった。しかしあれ以来《いらい》、麻友美《まゆみ》を中心《ちゅうしん》とした女子《じょし》たちは亜月《あつき》に話《はな》しかけることも一切《いっさい》なくなっていた。ひたすら無視《むし》される毎日《まいにち》だったが、亜月《あつき》は何《なに》も感《かん》じない。全《すべ》ての感情《かんじょう》を亜月《あつき》は排除《はいじょ》していた。

ウキウキとはずむ麻友美《まゆみ》たちの声《こえ》が耳《みみ》に入《はい》る。

「今日《きょう》は、クサイの一番大切《いちばんたいせつ》なもの奪《うば》うんだからね！　みんな、気抜《きぬ》くんじゃないよ！」

「クサイの顔《かお》、見《み》ものだろうね！　絶対面白《ぜったいおもしろ》くなるよ！」

面白《おもしろ》いこと？　それがどうしたの？　そんなことの、何《なに》がそんなに大事《だいじ》なの？

大事《だいじ》なことなんて、人生《じんせい》の中《なか》で、もうひとつもない。

今《いま》からだって、塾《じゅく》に行《い》って、あたしは何《なに》をすればいい。机《つくえ》に着《つ》いて、勉強《べんきょう》して、帰《かえ》って食《た》べて寝《ね》てまた勉強《べんきょう》して……それが、人生《じんせい》なのだとしたら、あたしはなんのためにこんな人生《じんせい》を生《い》きていかなきゃいけないいんだ？

果《は》てが見《み》えない砂漠《さばく》を、たったひとりで歩《ある》いている。たまに見《み》えたオアシスは全《すべ》て蜃気《しんき》楼《ろう》で、現実《げんじつ》はたったひとりで受《う》ける焼《や》けつくような日差《ひざ》しと、踏《ふ》み出《だ》すたびに足《あし》がもぐるような砂《すな》。水《みず》はもうない。いくら歩《ある》いても歩《ある》いても、待《ま》っているのはひとりでこの砂漠《さばく》に崩れ落ちることだけだ。そうして、ジリジリと太陽に焼きつけられながら、誰に気付かれることなく、死《し》んでいくことだけだ。

そんなもんなんだ。生《い》きることとなんて。

亜月《あつき》が一歩《いっぽ》昇降口《しょうこうぐち》から踏《ふ》み出《だ》す。その時《とき》、後《うし》ろの方《ほう》で、数人《すうにん》が入《い》り乱《みだ》れる足音《あしおと》が響《ひび》いた。

「や、やめて！　やめて、それだけは返《かえ》して!!」

芽衣《めい》の悲痛《ひつう》な叫《さけ》び声《ごえ》が耳《みみ》に入《はい》った。

「だーからさー、あんたなんて、勉強《べんきょう》しても無駄《むだ》っつーの！」

今日《きょう》のいじめは芽衣《めい》の勉強道具《べんきょうどうぐ》をめちゃめちゃにすることらしい。お金《かね》に余裕《よゆう》のない芽《め》衣《い》には辛《つら》いことだろう。

「こんなの持《も》って優等生《ゆうとうせい》ぶりっこしたら、いじめられるよ！　だからあたしたちがそれを阻止《そし》してあげるって、言《い》ってんだよ！」

そう言《い》って、白《しろ》い小《ちい》さなものを持《も》った麻友美《まゆみ》たちが亜月《あつき》の横《よこ》を走《はし》り抜《ぬ》けた。それを、上《うわ》履《ば》きのままの芽《め》衣《い》が必死《ひっし》の形相《ぎょうそう》で追《お》いかける。

「返《かえ》してえっ!!」

校門《こうもん》の方《ほう》に走《はし》る麻友美《まゆみ》たちに向《む》かい叫《さけ》ぶ芽衣《めい》の声《こえ》が、亜月《あつき》の耳《みみ》にも届《とど》いた。

「それは、亜月《あつき》にもらった単語帳《たんごちょう》なのおっ!!」

その言葉《ことば》は、亜月《あつき》の心《こころ》を激《はげ》しく殴《なぐ》りつけた。

……え……？

亜月《あつき》の目《め》の焦点《しょうてん》が、麻友美《まゆみ》たちを追《お》いかける芽衣《めい》の背中《せなか》で結《むす》びついた。

亜月《あつき》にもらった単語帳《たんごちょう》。

校門《こうもん》から出《で》たところで、芽衣《めい》が麻友美《まゆみ》を捕《つか》まえた。いつもおっとりと過《す》ごしている芽衣《めい》からは想像《そうぞう》もつかない足《あし》の速《はや》さに驚《おどろ》きながらも、取《と》り返《かえ》そうと伸《の》ばしてくる芽衣《めい》の腕《うで》をかわし、笑《わら》いながら単語帳《たんごちょう》をみんなで投《な》げ合《あ》う麻友美《まゆみ》たち。あちこちに単語帳《たんごちょう》が投《な》げられるたびに、取《と》り返《かえ》そうと振《ふ》り回《まわ》される芽衣《めい》。

単語帳《たんごちょう》。亜月《あつき》が、芽衣《めい》にあげた。

いつも亜月《あつき》が使《つか》っていたものだ。もっと勉強《べんきょう》したいという芽衣《めい》にあげた。

亜月《あつき》の心《こころ》に、ふたりでいた日々《ひび》がよみがえる。

ふたりで、勉強《べんきょう》した。たくさん、たくさん勉強《べんきょう》した。同《おな》じくらい、たくさん、たくさん話《はな》して、たくさん、たくさん笑《わら》った。芽衣《めい》といると、楽《たの》しかった。芽衣《めい》が自分《じぶん》を好《す》きだと言《い》ってくれるから、亜月《あつき》も自分《じぶん》が好《す》きになれた。

楽《たの》しくて、嬉《うれ》しくて、幸《しあわ》せだった日々《ひび》。

凍《こお》りついていた、何《なに》も感《かん》じなかった心《こころ》が、動《うご》き出《だ》す。

心臓《しんぞう》が激《はげ》しく打《う》ち鳴《な》る。

麻友美《まゆみ》と芽衣《めい》がもみ合《あ》い始《はじ》めた。必死《ひっし》の攻撃《こうげき》を受《う》けて、麻友美《まゆみ》はもう笑《わら》っていなかった。

「返《かえ》して、返《かえ》してよおっ!!」

押《お》さえつけようとする他《ほか》の女子《じょし》を信《しん》じられない力《ちから》で振《ふ》り切《き》り、ついに芽衣《めい》は麻友美《まゆみ》の高々《たかだか》と上《あ》げられた腕《うで》から単語帳《たんごちょう》を取《と》り返《かえ》した。

芽衣《めい》の目《め》に喜《よろこ》びが浮《う》かぶ。その途端《とたん》、

「なんだよ、てめえっ！」

麻友美《まゆみ》が芽衣《めい》のお腹《なか》を蹴《け》りつけた。

「てめえなんて、高校《こうこう》受《う》かったって、どうせ金《かね》なくて通《かよ》えないんだろ！」

「いい気《き》になってんじゃ、ねえよ！」

他《ほか》の女子《じょし》たちも芽衣《めい》を蹴《け》りつける。倒《たお》れ込《こ》んだ芽衣《めい》の頭《あたま》に、背中《せなか》に、麻友美《まゆみ》たちの蹴《け》りが入《はい》る。

それでも芽衣《めい》は、ギュッと単語帳《たんごちょう》を握《にぎ》りしめると、胸元《むなもと》に抱《かか》え込《こ》んだ。もう二度《にど》と、取《と》られないために。

亜月《あつき》の足《あし》が、一歩《いっぽ》動《うご》く。

……どうして。

また、一歩《いっぽ》動《うご》く。

どうして、そんなものが、大切《たいせつ》なの？

あたし……あたし、まだ芽衣《めい》の中《なか》で、友達《ともだち》なの？

そんなに大事《だいじ》に、想《おも》ってくれているの……？

いつの間《ま》にか、亜月《あつき》は走《はし》り出《だ》していた。

「やめなよおっ！」

校門《こうもん》の外《そと》で芽衣《めい》を蹴《け》りつけていた麻友美《まゆみ》たちが、驚《おどろ》いたように目《め》を見開《みひら》いた。

「……加藤《かとう》さん？」

「やめなよ、もうそれ以上《いじょう》やるのは！」

走《はし》ってきた亜月《あつき》が、麻友美《まゆみ》を突《つ》き飛《と》ばした。その勢《いきお》いで、麻友美《まゆみ》が地面《じめん》に転《ころ》がった。

「きゃあっ」

「麻友美《まゆみ》！」

芽衣《めい》を蹴《け》りつけていた他《ほか》の女子《じょし》が倒《たお》れた麻友美《まゆみ》に駆《か》け寄《よ》る。「大丈夫《だいじょうぶ》？」と、手《て》を貸《か》そうとするのを払《はら》うようにして、麻友美《まゆみ》は勢《いきお》いよく立《た》ち上《あ》がった。芽衣《めい》をいじめることで気《き》持《も》ちが高《たか》ぶっているのだろう。燃《も》え上《あ》がるような目《め》で亜月《あつき》を睨《にら》みつけると、逆《ぎゃく》に亜月《あつき》を突《つ》き飛《と》ばし返《かえ》した。

「何《なに》よ、あたしたちが悪《わる》いの⁉」

しかし亜月《あつき》はバランスを崩《くず》しただけで倒《たお》れなかった。それに腹《はら》がたったのか、麻友美《まゆみ》は今度《こんど》はターゲットを亜月《あつき》に定《さだ》めたように、殴《なぐ》りかかってきた。

「やめろなんて、なにいい子《こ》ぶってんの⁉ 元々《もともと》、あんたが最初《さいしょ》に言《い》い出《だ》したんじゃない！ 他《ほか》のいじめだって、全部《ぜんぶ》あんたが！ 考《かんが》えて！ やらせてた、くせにぃっ‼」

殴《なぐ》りつけながら、麻友美《まゆみ》が叫《さけ》ぶ。麻友美《まゆみ》も必死《ひっし》だ。自分《じぶん》を守《まも》るために。自分《じぶん》の楽《たの》しみを

守《まも》るために。そしていじめをしたのは首謀者《しゅぼうしゃ》の言《い》うことに従《したが》っただけだという、我《わ》が身《み》の保身《ほしん》のために。

その時《とき》、

「あ、危《あぶ》ない！」

キキーッという車《くるま》のブレーキ音《おん》が耳《みみ》をつんざく。いつの間《ま》にか車道《しゃどう》に出《で》ていたその集団《しゅうだん》に、車《くるま》が突《つ》っ込《こ》もうとしていた。歩道《ほどう》に近《ちか》いところにいた麻友美《まゆみ》が、思《おも》わず亜月《あつき》を突《つ》き飛《と》ばした。

麻友美《まゆみ》は歩道《ほどう》に戻《もど》ったが、亜月《あつき》はそのまま車《くるま》の前《まえ》に取《と》り残《のこ》された。キャーッという悲鳴《ひめい》がどこからともなく上《あ》がる。それをかき消《け》すようなブレーキ音《おん》、ああぶつかる……そう思《おも》った時《とき》、亜月《あつき》の視界《しかい》を何《なに》かがさえぎった。

七

「ひかれた、人《ひと》がひかれた！」

「救急車《きゅうきゅうしゃ》！」

冷静《れいせい》に叫《さけ》ぶ声《こえ》が上《あ》がるが、交通事故《こうつうじこ》を間近《まぢか》で見《み》た中学生《ちゅうがくせい》たちは興奮《こうふん》してキャーキャーと叫《さけ》ぶばかりだ。

「だ、大丈夫《だいじょうぶ》ですか？」

急停車《きゅうていしゃ》したピンクの軽自動車《けいじどうしゃ》から、年配《ねんぱい》の女性《じょせい》が慌《あわ》てて降《お》りてきた。真《ま》っ青《さお》になっている。女子中学生《じょしちゅうがくせい》を、ふたりもひいてしまったのだから。

そう。その時初《ときはじ》めて、亜月《あつき》も分《わ》かった。ひかれたと思《おも》った瞬間暗《しゅんかんくら》くなったのは、芽衣《めい》が亜月《あつき》に覆《おお》いかぶさったからだ。芽衣《めい》は、車道《しゃどう》から動《うご》けない亜月《あつき》を庇《かば》ったのだ。

「め……芽衣《めい》……？」

亜月《あつき》はゆっくりと芽衣《めい》の体《からだ》から這《は》い出《だ》しながら声《こえ》をかけた。返事《へんじ》がない。亜月《あつき》は心臓《しんぞう》が凍《こお》りつきそうになった。どうして……どうして、どうして？　あたしを庇《かば》ったの？　こんなあたしを？　芽衣《めい》の友情《ゆうじょう》を裏切《うらぎ》って、自分《じぶん》のうっぷん晴《ば》らしに利用《りよう》するような……こんな汚《きたな》くて、ズルいあたしなんかを。

庇《かば》ってもらう価値《かち》なんて、これっぽっちもないあたしを。

「大丈夫《だいじょうぶ》？　あなた、大丈夫《だいじょうぶ》!?」

運転《うんてん》していた女性《じょせい》が芽衣《めい》を揺《ゆ》さぶろうとしている。芽衣《めい》からはい出《で》た亜月《あつき》は、その手《て》を押《お》さえた。

「待《ま》ってください。頭《あたま》を打《う》ってるかもしれないから、あまり激《はげ》しく動《うご》かさないでください」

亜月《あつき》は急《いそ》いで芽衣《めい》を見《み》た。真《ま》っ青《さお》で、苦《くる》しそうに眉《まゆ》を寄《よ》せている。

芽衣《めい》……芽衣《めい》。胸《むね》が激《はげ》しく脈打《みゃくう》つ。助《たす》けないと……助《たす》けないと、助《たす》けないと。絶対《ぜったい》、助《たす》けないと。

混乱《こんらん》しそうになる頭《あたま》を、必死《ひっし》で押《お》さえつける。こういう時《とき》は、まずどうするんだっけ……前《まえ》、お父《とう》さんに聞《き》いた。交通事故《こうつうじこ》に行《い》きあった時《とき》、どういう処置《しょち》をしたらいいの？

『まず、肩《かた》を叩《たた》いて、耳元《みみもと》で呼《よ》びかけるんだ』

お父《とう》さんは言《い》った。『返事《へんじ》があったら、そのまま骨折《こっせつ》してるところがないかチェックして、添《そ》え木《ぎ》など当《あ》てる。返事《へんじ》がなかったら、頭《あたま》を打《う》ってるかもしれないから、動《うご》かさないで呼吸《こきゅう》してるか調《しら》べる』

「め……芽衣《めい》……」

耳元《みみもと》で声《こえ》をかける亜月《あつき》の声《こえ》がかすれる。

「芽衣《めい》、分《わ》かる？　芽衣《めい》……芽衣《めい》……！」

返事《へんじ》して、芽衣《めい》、芽衣《めい》……！

祈《いの》るような気持《きも》ちで名前《なまえ》を呼《よ》び続《つづ》ける。その時《とき》、亜月《あつき》の耳《みみ》に、微《かす》かな声《こえ》が聞《き》こえた。

「……あつき……」

「芽衣《めい》？」

亜月《あつき》の声《こえ》に応《こた》えるように、芽衣《めい》の目《め》がうっすらと開《あ》いた。亜月《あつき》の大好《だいす》きだった、きれいな、きれいな芽衣《めい》の瞳《ひとみ》。

……良《よ》かった……。

亜月《あつき》の心《こころ》が安心《あんしん》で溶《と》けそうになる。目《め》が熱《あつ》くなり、涙《なみだ》がこぼれそうになる。しかし、そんなことはしていられない。芽衣《めい》を助《たす》けないと。手《て》が震《ふる》える。止《と》まれ、止《と》まれ。亜月《あつき》は懸《けん》命《めい》に手《て》に力《ちから》を入《い》れながら、芽衣《めい》の手足《てあし》を触《さわ》っていく。

「だ、大丈夫《だいじょうぶ》？」

「すみません、傘《かさ》とかありますか？　腕《うで》を折《お》ってるみたいなんで、添《そ》え木《ぎ》にしたいんですけど」

「あ、あります。ちょっと待《ま》ってね」

女性《じょせい》が急《いそ》いで車《くるま》に戻《もど》る。女性《じょせい》の言葉《ことば》に安心《あんしん》し、亜月《あつき》はまた芽衣《めい》に向《む》き直《なお》った。

芽衣《めい》、絶対助《ぜったいたす》けるからね。

絶対《ぜったい》、絶対助《ぜったいたす》けるからね。

芽衣《めい》の手当《てあ》てを続《つづ》ける亜月《あつき》の耳《みみ》に、次第《しだい》に近《ちか》づいてくる救急車《きゅうきゅうしゃ》のサイレンが聞《き》こえてきた。

市立病院《しりつびょういん》の広《ひろ》い待合室《まちあいしつ》は、すっかり日《ひ》が暮《く》れ薄暗《うすぐら》くなってきた。診察時間《しんさつじかん》も終《お》わり、人《ひと》ひとりいないガランとしたそこで、亜月《あつき》は肩《かた》をいからせるようにして座《すわ》っていた。

「亜月《あつき》」

病院《びょういん》の奥《おく》から聞《き》こえた声《こえ》に、亜月《あつき》はあわてて立《た》ち上《あ》がった。白衣《はくい》をなびかせながら大股《おおまた》で父《ちち》がやってくる。亜月《あつき》は駆《か》け寄《よ》った。

「お父《とう》さん、芽衣《めい》は？」

「大丈夫《だいじょうぶ》。もう処置《しょち》もすんで、お母様《かあさま》がお会《あ》いしてるよ」

穏《おだ》やかに言《い》う父《ちち》の言葉《ことば》に、亜月《あつき》は心《こころ》からホッとした。そんな亜月《あつき》の肩《かた》をポンポンと叩《たた》き、父《ちち》は待合室《まちあいしつ》の椅子《いす》に亜月《あつき》を座《すわ》らせ、自分《じぶん》もその隣《となり》に腰《こし》かけた。

「救急隊員《きゅうきゅうたいいん》の人《ひと》に聞《き》いたよ。応急処置《おうきゅうしょち》、お前《まえ》がしてたんだって？」

コクリと亜月《あつき》がうなずくのを見《み》て、父《ちち》は目元《めもと》をやわらげた。

「頑張《がんば》ったな。前《まえ》、お父《とう》さんが教《おし》えてたのを覚《おぼ》えてたか。友達助《ともだちたす》けて、えらかったな」

父《ちち》が亜月《あつき》を見《み》ている。こんなに穏《おだ》やかで優《やさ》しく見《み》てくれたのは、いつ振《ぶ》りだろう。いつも父《ちち》の眼差《まなざ》しは、冷《つめ》たく感《かん》じていた。亜月《あつき》が浦一《うらいち》を目指《めざ》していると言《い》った時《とき》も、塾《じゅく》でいい成績《せいせき》を取《と》った時《とき》も……カンニングがばれて、「しばらく塾《じゅく》を休《やす》め」と言《い》った時《とき》も。

亜月《あつき》は、本当《ほんとう》はこんな風《ふう》に見《み》てほしかった。父《ちち》と同《おな》じ道《みち》を目指《めざ》す自分《じぶん》を、優《やさ》しく見《み》つめてほしかったのだ。でも……もう、父《ちち》と同《おな》じ道《みち》なんて、歩《ある》けない。歩《ある》けるはずが、ない。

亜月《あつき》の心《こころ》は、もう限界《げんかい》だった。父《ちち》の言葉《ことば》にかぶりを振《ふ》る目《め》から、涙《なみだ》がこぼれ落《お》ちた。

「亜月《あつき》」

「あたし……やっぱり、お父《とう》さんみたいになんて、なれない……」

後《あと》から後《あと》から、涙《なみだ》があふれてくる。止《と》めようとしても、止《と》まらない。涙《なみだ》も、気持《きも》ちも。

「こんなあたし……バカで、カンニングしないと浦一理数《うらいちりすう》コースにもいられないようなあたし、医者《いしゃ》なんて無理《むり》なんだよ」

「亜月《あつき》。医者《いしゃ》にとって大切《たいせつ》なのは、勉強《べんきょう》だけじゃないよ」

「それだけじゃない……あたし、心《こころ》も汚《きたな》いんだよ……」

亜月《あつき》は父《ちち》を見上《みあ》げた。聞《き》いてほしかった。聞《き》いて、頭《あたま》から叱《しか》りつけてほしかった。なんでそんなにダメ人間《にんげん》なんだと、そんな性根《しょうね》の腐《くさ》った人間《にんげん》は、うちにいらないと、断罪《だんざい》してほしかった。

「今日事故《きょうじこ》に遭《あ》った子《こ》、あたしの親友《しんゆう》だったんだ。すごく目《め》がきれいな子《こ》で、あたしにないものいっぱい持《も》ってて……一緒《いっしょ》にいて、すごく楽《たの》しかった。あたし、大好《だいす》きだった。なのに、あたし裏切《うらぎ》ったんだよ。浦一理数《うらいちりすう》コースで、カンニングさせてくれてる子《こ》に、カンニングさせてもらう代《か》わりに色《いろ》んなことさせられて、そのせいで勉強《べんきょう》する時間《じかん》なくなってますます勉強《べんきょう》できなくなって、もうどうしたらいいかわかんなくなって……すごく辛《つら》くて、苦《くる》しくて、あたし、芽衣《めい》に八《や》つ当《あ》たりしたんだ」

芽衣《めい》なら、八《や》つ当《あ》たりしてもかまわない。だって、芽衣《めい》だから。

「あたし、心《こころ》のどこかでバカにしてたんだ、芽衣《めい》のこと。そうじゃないと、あんなひどいこと出来《でき》るはずない。芽衣《めい》をだましたり、嘘《うそ》ついたり、クラスのいじめに、巻《ま》き込《こ》んだり……面白《おもしろ》がってたんだ。芽衣《めい》が苦《くる》しむの。悲《かな》しむのを」

亜月《あつき》は泣《な》きながら頭《あたま》を抱《かか》え込《こ》んだ。自分《じぶん》のしたことのひどさが、亜月《あつき》を責《せ》めたてる。お前《まえ》は、最悪《さいあく》だ。最悪《さいあく》だ、最悪《さいあく》だ。

「それなのに、あたしはやってないって顔《かお》、してたんだよ。関係《かんけい》ありませんて。先生《せんせい》たち、みんな信《しん》じるんだよ。あたしがするはずないって。あたし、優等生《ゆうとうせい》だから。勉強《べんきょう》、出来《でき》るから。あたしなんて、こんな、こんな、こんな最低《さいてい》な人間《にんげん》なのに……！」

「亜月《あつき》」

「……あたし、医者《いしゃ》なんてなれない……」

顔《かお》を覆《おお》った両手《りょうて》から、涙《なみだ》があふれ出《で》る。

「……なれない……」

亜月《あつき》の消《き》え入《い》るような声《こえ》に、父《ちち》は小《ちい》さくため息《いき》をついた。

「……それじゃ、何《なん》になろうか？」

「え」

「医者《いしゃ》にならないで、何《なん》になる？」

そういうと、父《ちち》は白衣《はくい》を脱《ぬ》いだ。白衣《はくい》の下《した》は、怪我《けが》の処置《しょち》の時《とき》に着《き》る、一切装飾《いっさいそうしょく》のない地味《じみ》な紺色《こんいろ》の上下《じょうげ》だ。亜月《あつき》は小《ちい》さい頃《ころ》、パジャマみたいだと思《おも》った。その時《とき》は、その服《ふく》の機能性《きのうせい》など何《なに》も知《し》らなかった。動《うご》きやすい素材《そざい》、汚《よご》れてもかまわない布地《ぬのじ》。これは、治療《ちりょう》を成功《せいこう》させる目的《もくてき》の外科医《げかい》のための、戦闘服《せんとうふく》のようなものだ。医者《いしゃ》のユニフォームは、長《なが》くきれいな白衣《はくい》だけではない。

亜月《あつき》は、紺色《こんいろ》の上下《じょうげ》の父《ちち》を見上《みあ》げた。

「……苦《くる》しいな、今《いま》」

父《ちち》は、ポンと亜月《あつき》の頭《あたま》に手《て》を置《お》いた。

「何《なに》かになろうとするのは、苦《くる》しいもんだ。でも苦《くる》しいからって、その道《みち》を途中《とちゅう》で帰《かえ》るのは、どうかな」

「でも、お父《とう》さん言《い》ったじゃない。医者《いしゃ》は勉強《べんきょう》だけじゃないって。心《こころ》でしょ？　こんな卑《ひ》怯《きょう》でズルいあたし、医者《いしゃ》なんて……」

「お前《まえ》は、一生《いっしょう》卑怯《ひきょう》でズルい人間《にんげん》でいるつもりか？」

父《ちち》の言葉《ことば》は、亜月《あつき》の心《こころ》にスッと何《なに》かを投《な》げかけた。熱《あつ》く煮《に》えたぎる中《なか》に、ひんやりと冷《つめ》たいもの……それは、亜月《あつき》の黒《くろ》くグラグラする心《こころ》を、鎮《しず》めていく。

「亜月《あつき》。医者《いしゃ》が接《せっ》するのは、体《からだ》だけじゃない。一緒《いっしょ》に心《こころ》も傷《きず》ついている人《ひと》だ。怖《こわ》い思《おも》いをしたり、今後《こんご》また元《もと》に戻《もど》れるのか、不安《ふあん》を抱《かか》えて、心配《しんぱい》で、辛《つら》くて、そういう人《ひと》に寄《よ》り添《そ》って助《たす》けるのが、医者《いしゃ》の仕事《しごと》なんだよ。そういう痛《いた》みは、自分自身《じぶんじしん》でも傷《きず》ついて、その痛《いた》みに苦《くる》しんで、泣《な》いた人間《にんげん》にしか分《わ》からない。お父《とう》さんは、思《おも》うよ。今《いま》の亜月《あつき》は、すごく医者《いしゃ》に向《む》いている。いや、お父《とう》さんは、亜月《あつき》に医者《いしゃ》になってほしい。絶対《ぜったい》、目指《めざ》してほしい」

「お父《とう》さん……」

「乗《の》り越《こ》えろ、亜月《あつき》」

そう言《い》うと、父《ちち》は亜月《あつき》の頭《あたま》をぐしゃぐしゃとかき回《まわ》すようになでた。

「乗《の》り越《こ》えた時《とき》、お前《まえ》はすごく強《つよ》くなってる。その辛《つら》さは、優《やさ》しいから感《かん》じる辛《つら》さだ。乗《の》り越《こ》えて、強《つよ》く、優《やさ》しくなれ。大丈夫《だいじょうぶ》だ、お前《まえ》なら。亜月《あつき》」

父《ちち》はこの上《うえ》ない優《やさ》しい瞳《ひとみ》で亜月《あつき》を見《み》つめて、はっきりと言《い》った。

「亜月《あつき》は、お父《とう》さんの子《こ》なんだから」

お父《とう》さんの子《こ》なんだから。

亜月《あつき》は、再《ふたた》び涙《なみだ》があふれてくるのを感《かん》じた。そうだ。あたしは、お父《とう》さんの子《こ》なんだ。

今《いま》の自分《じぶん》は、嫌《いや》だ。乗《の》り越《こ》えたい。こんな自分《じぶん》乗《の》り越《こ》えて、本当《ほんとう》の「亜月《あつき》」に戻《もど》りたい。

決《けっ》してそれが「すごい亜月《あつき》」じゃなくても。

今度《こんど》こそ本当《ほんとう》の、芽衣《めい》の前《まえ》に立《た》っても恥《は》ずかしくない自分《じぶん》に、なりたい。

816号室《ごうしつ》のネームプレートには、「草野芽衣《くさのめい》」という文字《もじ》が、書《か》いたばかりらしいインクのつやを残《のこ》して貼《は》られていた。

816号室《ごうしつ》の前《まえ》に立《た》ち、亜月《あつき》は大《おお》きく深呼吸《しんこきゅう》をした。もう面会時間《めんかいじかん》はとっくに過《す》ぎているので、静《しず》まり返《かえ》った廊下《ろうか》には人気《ひとけ》がない。父《ちち》からナースセンターに頼《たの》んでもらい、特別《とくべつ》に面会《めんかい》をさせてもらうのだ。なのに、亜月《あつき》はドアに当《あ》てた手《て》で、そこをなかなかノックすることが出来《でき》なかった。

早《はや》く芽衣《めい》に会《あ》いたい……その気持《きも》ちと同《おな》じくらい、会《あ》うのが怖《こわ》い。

これから、話《はな》すのだ。芽衣《めい》に、全《すべ》てを。自分勝手《じぶんかって》に芽衣《めい》を傷《きず》つけ、裏切《うらぎ》り、苦《くる》しめてきた、自分《じぶん》の行《おこな》い全《すべ》てを。

許《ゆる》してくれるはずなんて、ない。そこまで甘《あま》いことなんて、考《かんが》えてない。でも。

きっと、芽衣《めい》は亜月《あつき》を憎《にく》む。もう、亜月《あつき》にほほ笑《え》みかけてなどくれなくなる。あのきれいな目《め》で亜月《あつき》を見《み》て、優《やさ》しく話《はな》しかけてくれることなど、なくなる。

それが、怖《こわ》い。

それが乗《の》り越《こ》えなくてはならない壁《かべ》だというのは、分《わ》かってる。分《わ》かってる、けど……足《あし》がすくむ。これは、乗《の》り越《こ》えるというよりは、飛《と》び降《お》りる断崖絶壁《だんがいぜっぺき》だ。下《した》が見《み》えない。

はるかなそこは、自分《じぶん》を包《つつ》み込《こ》む海《うみ》なのか、身《み》を砕《くだ》く岩場《いわば》なのか。分《わ》からず、飛《と》び降《お》りるのだ。怖《こわ》くて怖《こわ》くてたまらない。

弱気《よわき》になる自分《じぶん》に、亜月《あつき》は首《くび》を振《ふ》った。怖《こわ》がれ。苦《くる》しめ、自分《じぶん》。これは、罰《ばつ》なんだ。今《いま》まで同《おな》じくらいの苦《くる》しみを、悲《かな》しみを、芽衣《めい》に与《あた》え続《つづ》けてきた、自分《じぶん》に対《たい》する罰《ばつ》。受《う》けなくては、いけない。

亜月《あつき》は再《ふたた》び深呼吸《しんこきゅう》をすると、ドアをノックした。

コンコンと、堅《かた》い音《おと》が静《しず》けさの中《なか》に響《ひび》く。しばらく待《ま》つが、返事《へんじ》がない。亜月《あつき》はゆっくりと、病室《びょうしつ》の引《ひ》き戸《ど》を引《ひ》いた。

灯《あか》りが消《き》えたなか、カーテンが引《ひ》かれていない窓《まど》からの街灯《まちあか》りで、ほのかな青味《あおみ》を帯《お》びた光《ひかり》に浮《う》かび上《あ》がっている。四人部屋《よにんべや》のそこは、きれいにベッドメイクがほどこされたなか、窓際《まどぎわ》の芽衣《めい》のベッドだけがこんもりと盛《も》り上《あ》がっていた。

「……芽衣《めい》……？」

寝《ね》てるかな、と思《おも》い、そっと声《こえ》をかけてみる。すると、芽衣《めい》のふとんがピクリと動《うご》き、その中《なか》から芽衣《めい》が顔《かお》を出《だ》した。

「……亜月《あつき》……！」

芽衣《めい》の顔《かお》が輝《かがや》く。亜月《あつき》は胸《むね》がギュウッと痛《いた》むのを感《かん》じたが、それを押《お》さえて病室《びょうしつ》の中《なか》に入《はい》っていった。

「お母《かあ》さんは？」

「もう、帰《かえ》った。妹《いもうと》たち、隣《となり》に預《あず》けてきたから、早《はや》く帰《かえ》らなきゃって」

「……そっか」

芽衣《めい》のベッドサイドの椅子《いす》に腰《こし》かけ、亜月《あつき》はほほ笑《え》もうとした。しかし、上手《うま》くいかない。これから話《はな》すことを考《かんが》えると、とても笑《わら》えない。何《なに》を、どこから、どう話《はな》せばいいのか。亜月《あつき》が思《おも》いあぐねていると、芽衣《めい》がスッと亜月《あつき》の手《て》に触《ふ》れた。

「ありがとう、亜月《あつき》」

芽衣《めい》の目《め》を見《み》る。芽衣《めい》はまっすぐ亜月《あつき》を見《み》つめている。あの、きれいな目《め》で。それは、亜月《あつき》の痛《いた》む胸《むね》を、一層《いっそう》しめ上《あ》げるようだった。

「な、何《なに》が？」

「あたしを、助《たす》けてくれて」

「逆《ぎゃく》じゃない。芽衣《めい》が、あたしを車《くるま》にひかれないように庇《かば》ってくれたんじゃない。あたしの方《ほう》こそ……」

「違《ちが》うよ」

芽衣《めい》は亜月《あつき》の手《て》を握《にぎ》りしめた。

「あたしがいじめられてる時《とき》、止《と》めてくれた。やめなよ、もうやめなよって言《い》ってくれて……あたし、すごく嬉《うれ》しかった。本当《ほんとう》に、ありがとう」

亜月《あつき》の手《て》を包《つつ》み込《こ》む芽衣《めい》の手《て》は、傷《きず》だらけだ。車《くるま》にひかれた時《とき》のものの他《ほか》に、その前《まえ》に麻友美《まゆみ》たちに加《くわ》えられていた暴行《ぼうこう》のものや、もっと前《まえ》のものもあるだろう。亜月《あつき》は、胸《むね》が押《お》しつぶされそうになった。こんなに、傷《きず》つけてた。痛《いた》い、苦《くる》しい思《おも》いが、リアルに亜月《あつき》の目《め》の前《まえ》にあり、お前《まえ》がさせた結果《けっか》だと責《せ》め立《た》てる。お前《まえ》が、芽衣《めい》をこんな目《め》に遭《あ》わせた。それなのに芽衣《めい》は、亜月《あつき》にお礼《れい》を言《い》ってくれる。たった一度《いちど》、止《と》めただけのことで。それもともとはといえば、自分《じぶん》が仕掛《しか》けた暴力《ぼうりょく》とも言《い》えるのに。

違《ちが》うんだよ、芽衣《めい》。違《ちが》うんだよ。

亜月《あつき》は、もう心《こころ》を保《たも》てなくなっていた。芽衣《めい》の手《て》を振《ふ》り切《き》ると、亜月《あつき》は椅子《いす》から床《ゆか》に座《すわ》り込《こ》んだ。

「……亜月《あつき》……？」

驚《おどろ》く芽衣《めい》に、亜月《あつき》は土下座《どげざ》するように、頭《あたま》を下《さ》げた。

「……あたしが……首謀者《しゅぼうしゃ》、だったから」

「え？」

聞《き》き返《かえ》した芽衣《めい》に、亜月《あつき》は顔《かお》を上《あ》げた。

「いじめ、あたしが首謀者《しゅぼうしゃ》なんだ。今日《きょう》のだけじゃない、ずっと、ずっと」

すうっと、芽衣《めい》の目《め》から色《いろ》が消《き》えた。芽衣《めい》の心《こころ》が離《はな》れた……亜月《あつき》は、心臓《しんぞう》が凍《こお》りつくのを感《かん》じた。離《はな》れないで。行《い》かないで。でも、それはもう無理《むり》な話《はなし》だ。もう、後《あと》へは戻《もど》れない。戻《もど》っては、いけない。

乗《の》り越《こ》えろ。父《ちち》の言葉《ことば》が頭《あたま》によみがえる。強《つよ》く、優《やさ》しくなれ。

「最初《さいしょ》に、ものを隠《かく》したのがあたし」

声《こえ》がかすれる。でも、亜月《あつき》は続《つづ》けた。

「その後《あと》、黒板《こくばん》に書《か》かせたのも……みんなに、やらせた。あたしが、あたしがやらせたんだ。何《なに》もかも、あたしが」

色《いろ》を失《うしな》った目《め》で、芽衣《めい》がじっと亜月《あつき》を見《み》つめている。そらすことなく、まっすぐに。責《せ》めている、恨《うら》んでいる……？　いたたまれなくなり、逃《に》げ出《だ》したくなったが、亜月《あつき》はそんな気持《きも》ちを押《お》さえつけて、芽衣《めい》の目《め》を見《み》つめ返《かえ》しながら言《い》った。

「あたし、芽衣《めい》が思《おも》ってるような人間《にんげん》じゃないんだ。頭《あたま》だって、悪《わる》い。塾《じゅく》のテストなんて、本当《ほんとう》はカンニングしないと全然《ぜんぜん》分《わ》かんなかった。自分《じぶん》を大《おお》きく見《み》せたくて、みんなをだまして、勝手《かって》に自分《じぶん》の首《くび》絞《し》めて、それで行《い》き場《ば》失《な》くして……芽衣《めい》をいじめて、憂《う》さ晴《ば》らし、してたんだ」

「憂《う》さ晴《ば》らし」

芽衣《めい》が繰《く》り返《かえ》す。その言葉《ことば》に、亜月《あつき》は心臓《しんぞう》が締《し》め付《つ》けられるように感《かん》じた。もう、芽衣《めい》の目《め》は見《み》られなかった。亜月《あつき》は、うつむいて目《め》を閉《と》じた。

たかが気《き》が晴《は》れない時《とき》の憂《う》さ晴《ば》らしが、あんなひどいいじめだった。散々《さんざん》傷《きず》つけ、苦《くる》しめ、悲《かな》しませた……。カンニングという、自分《じぶん》の卑怯《ひきょう》な行為《こうい》のせいで歪《ゆが》んだ人間関係《にんげんかんけい》のストレスを解消《かいしょう》するために、芽衣《めい》にならしてもいいと、勝手《かって》に思《おも》い込《こ》んで。

一番《いちばん》、してはいけなかったことだった。友情《ゆうじょう》は、大事《だいじ》に、大切《たいせつ》にしないと、壊《こわ》れてしまうのだと、なぜ気付《きづ》かなかったのか。

亜月《あつき》は言葉《ことば》を切《き》った。心《こころ》が引《ひ》きちぎられたように、痛《いた》くて堪《たえ》られない。

壊《こわ》れる。

芽衣《めい》と亜月《あつき》の友情《ゆうじょう》は、これで。

『ひどい、亜月《あつき》』

苦《くる》しい涙《なみだ》を流《なが》しながら、芽衣《めい》はきっと言《い》う。

『友達《ともだち》だと思《おも》ってたのに、そんなことするなんて。あたしのこと裏切《うらぎ》って、あたし、すごく辛《つら》かったのに、笑《わら》って見《み》てたなんて』

『帰《かえ》って。もう、あたしの前《まえ》に、顔見《かおみ》せないで。一生《いっしょう》』

芽衣《めい》の目《め》に、憎《にく》しみがあふれ出《だ》す。もう戻《もど》れない。あの、楽《たの》しかった時間《じかん》には。ふたりで並《なら》んで座《すわ》って、笑《わら》って、しゃべって、勉強《べんきょう》してた……キラキラ輝《かがや》くように光《ひかり》に満《み》ちた時《じ》間《かん》だったのに。もう、二度《にど》と。

血《ち》が流《なが》れ出《で》ているのではないかと思《おも》うくらい、胸《むね》が痛《いた》い。亜月《あつき》は、閉《と》じた目《め》にギュウッ

と力《ちから》を入《い》れた。その時《とき》、

「……なんで」

ずっと黙《だま》っていた芽衣《めい》が、ポツリと言《い》った。

「なんで、今《いま》そんなこと、言《い》うの？」

亜月《あつき》は目《め》を開《ひら》いた。思《おも》いがけない言葉《ことば》だった。なんで？　なんで……謝《あやま》りたかった？　いや、謝《あやま》ってすむことだなんて、頭《あたま》から思《おも》っていない。なんで……そう、伝《つた》えなきゃいけないと、思《おも》ったから。

「……芽衣《めい》が、あたしを助《たす》けてくれたから……あたし、こんなあたしなのに……こんなあたしを……」

こんな、汚《きたな》くて、ズルい、何《なん》の価値《かち》もない人間《にんげん》を。

「助《たす》けて……ううん、それだけじゃない。あたしのあげた単語帳《たんごちょう》を、大事《だいじ》に……すごく、大事《だいじ》にしてくれてたから……あたし……」

ポタリ、と床《ゆか》に涙《なみだ》がこぼれ落《お》ちた。そう、あの瞬間《しゅんかん》に、亜月《あつき》の体《からだ》に、再《ふたた》び温《あたた》かい血《ち》が流《なが》れ出《だ》したのだ。大切《たいせつ》なものをめちゃめちゃにすればいいと、麻友美《まゆみ》に言《い》った。芽衣《めい》のそれは、亜月《あつき》のあげた単語帳《たんごちょう》だった。取《と》り上《あ》げられて、追《お》いかける必死《ひっし》な後《うし》ろ姿《すがた》。取《と》り返《かえ》して、蹴《け》られても、殴《なぐ》られても、芽衣《めい》は単語帳《たんごちょう》を守《まも》り抜《ぬ》こうとした。

芽衣《めい》と亜月《あつき》の、友情《ゆうじょう》を。

あの瞬間《しゅんかん》、亜月《あつき》は思《おも》い出《だ》したのだ。

芽衣《めい》に言《い》いたいことが、たくさんある。言《い》わなきゃいけないことが、たくさんある。それなのに、涙《なみだ》があふれて止《と》まらない。

そんな亜月《あつき》の肩《かた》に、芽衣《めい》がそっと手《て》を置《お》いた。亜月《あつき》が見上《みあ》げると、芽衣《めい》の眼差《まなざ》しと結《むす》びついた。

優《やさ》しい、きれいな目《め》。

「……芽衣《めい》……」

「良《よ》かった。あたし、亜月《あつき》を信《しん》じてて」

そう言《い》う芽衣《めい》の目《め》にも、涙《なみだ》が膨《ふく》れ上《あ》がってくる。

「ずっと、ずっと怖《こわ》かった。このまま、亜月《あつき》の心《こころ》が離《はな》れてしまうんじゃないかって。本当《ほんとう》に、亜月《あつき》はあたしのことが嫌《きら》いになってしまうんじゃないかって」

「え……？」

「あたし、知《し》ってた。最初《さいしょ》にあたしのものなくなった時《とき》、亜月《あつき》がやったって」

芽衣《めい》の言葉《ことば》に、亜月《あつき》は息《いき》をのんだ。知《し》ってた……？

「あたし、小学校《しょうがっこう》の頃《ころ》から、いじめられてたから、誰《だれ》がやってるかって、なんとなく分《わ》かっちゃうんだ。だから、あたし知《し》ってた。全部《ぜんぶ》」

「……全部《ぜんぶ》……？」

「うん、全部《ぜんぶ》」

いじめを亜月《あつき》がしてたと、知《し》っていた。そんなことを、芽衣《めい》は穏《おだ》やかな目《め》で言《い》った。いつものきれいな目《め》で。

「でも、知《し》らないふりしてた。ああいうことするのが、亜月《あつき》の本心《ほんしん》だなんて、思《おも》いたくなかったから」

どういうこと……？　自分《じぶん》のいじめの首謀者《しゅぼうしゃ》が親友《しんゆう》だって知《し》ってて、知《し》らないふりしていたって……。

「裏切《うらぎ》ったのに……？」

亜月《あつき》は震《ふる》える声《こえ》で聞《き》いた。

「あたし……芽衣《めい》を裏切《うらぎ》ったんだよ？　苦《くる》しめて、辛《つら》い思《おも》いさせて、それ見《み》て笑《わら》ってたんだよ？　あたし……」

「でも、あたし、亜月《あつき》が好《す》きだから」

芽衣《めい》の目《め》にふくらんでいた涙《なみだ》が、頬《ほお》にこぼれ落《お》ちた。

「亜月《あつき》も、きっとあたしのこと好《す》きでいてくれると、思《おも》ってた。こんなことするなんて、きっと亜月《あつき》に何《なに》かあったんだって、思《おも》ってた。あたしに話《はな》しても分《わ》かんないことだから言《い》わないだけで、あんないじめするのも、きっと理由《りゆう》があるんだって、絶対《ぜったい》、絶対《ぜったい》そうだって……思《おも》ってた……」

笑《え》みを保《たも》っていた芽衣《めい》の口元《くちもと》が、段々《だんだん》、苦《くる》しそうにゆがみ始《はじ》めた。

「……思《おも》いたかったんだ。あたし、亜月《あつき》に嫌《きら》われたなんて、思《おも》いたくなかった。亜月《あつき》は大《たい》切《せつ》な、本当《ほんとう》に大切《たいせつ》な友達《ともだち》だから……あたし、信《しん》じたかった。亜月《あつき》もあたしを好《す》きでいてくれるって、その価値《かち》があたしにはあるんだって、信《しん》じたかったんだ」

苦《くる》しかった。辛《つら》かった。いじめられることなんかより、目《め》に見《み》えない心《こころ》を信《しん》じる方《ほう》が、ずっとずっと。

「芽衣《めい》」

亜月《あつき》は、肩《かた》に置《お》かれた芽衣《めい》の手《て》を握《にぎ》りしめた。

「……芽衣《めい》……ありがとう……」

芽衣《めい》の手《て》を両手《りょうて》で包《つつ》み込《こ》むと、祈《いの》るようにひたいに当《あ》てて、言《い》った。

「ありがとう……あたしの友達《ともだち》でいてくれて」

亜月《あつき》、と小《ちい》さくつぶやくと、芽衣《めい》は泣《な》きじゃくり出《だ》した。

「……夢《ゆめ》じゃ、ないよね……？　あたし、いっつも夢《ゆめ》で見《み》てた。亜月《あつき》が、芽衣《めい》って、いつもみたいに笑《わら》ってくれるの。教《おし》えてあげるよって、隣《となり》に座《すわ》ってくれるの。目《め》が覚《さ》めた時《とき》、ひとりで、ああ夢《ゆめ》だったのかって、いつも悲《かな》しくて泣《な》いたんだよ。いじめられるより、そっちの方《ほう》が苦《くる》しかった。辛《つら》かった」

「芽衣《めい》」

「良《よ》かった……帰《かえ》ってきてくれた。亜月《あつき》が、あたしのとこに、帰《かえ》ってきてくれた……良《よ》かった、良《よ》かったあ……」

小《ちい》さく、弱々《よわよわ》しい肩《かた》を震《ふる》わせながら、芽衣《めい》が泣《な》く。

でも、芽衣《めい》は誰《だれ》よりも強《つよ》い。

あんなに裏切《うらぎ》ったのに……ひどいことして、苦《くる》しめて、辛《つら》い目《め》に遭《あ》わせて、それでも、芽衣《めい》はそれを乗《の》り越《こ》えていた。乗《の》り越《こ》えて、後《うし》ろの方《ほう》から道《みち》を見失《みうしな》って絶望《ぜつぼう》しかけていた亜月《あつき》に、来《く》るべき道《みち》を教《おし》えてくれた。

亜月《あつき》を信《しん》じて。

ふたりの友情《ゆうじょう》を、信《しん》じて。

「……あたし、芽衣《めい》の思《おも》ってるような、すごい亜月《あつき》じゃないよ？」

涙《なみだ》を拭《ふ》きながら、亜月《あつき》は言《い》った。

「頭《あたま》だって、そんなに良《よ》くない。全然《ぜんぜん》ダメな人間《にんげん》なんだよ。それでも、いいの？」

亜月《あつき》の言葉《ことば》に、やはり涙《なみだ》を拭《ふ》きながら、芽衣《めい》は頷《うなず》いた。

「亜月《あつき》は、頭《あたま》の悪《わる》いあたしでも、好《す》きでいてくれるよね？　同《おな》じだよ。頭《あたま》が悪《わる》くても、ダメ人間《にんげん》でも、亜月《あつき》なら、あたしは大好《だいす》きだよ」

芽衣《めい》はそう言《い》って、ふわりと笑《わら》った。

その笑顔《えがお》に、亜月《あつき》もほほ笑《え》み返《かえ》す。
お父《とう》さん、あたし、乗《の》り越《こ》えられそうだ。
芽衣《めい》と一緒《いっしょ》なら、あたし、どんなことでも、きっと乗《の》り越《こ》えられる。
芽衣《めい》が助《たす》けてくれる。
あたしも、芽衣《めい》を助《たす》ける。
芽衣《めい》の全《すべ》てを信《しん》じて、ふたりでどんな道《みち》でも歩《ある》いていける。
強《つよ》く、なりたい。
今度《こんど》は、何《なに》があってもこの友情《ゆうじょう》を守《まも》れるように。
強《つよ》く、強《つよ》くなるんだ。

エピローグ

「本当《ほんとう》に、塾変《じゅくか》わらなくていいの？」

学校《がっこう》の仕度《したく》をしていると、母《はは》が朝食《ちょうしょく》の準備《じゅんび》を中断《ちゅうだん》して部屋《へや》に顔《かお》を出《だ》した。

「うん。クラスは、二《ふた》クラス下《さ》がるけどね」

「二《ふた》クラスも？」

母《はは》の口《くち》から思《おも》わず小《ちい》さなため口《ぐち》がもれた。

「そう……。二《ふた》クラスも下《さ》がったら、もう決定的《けっていてき》に浦一理数科《うらいちりすうか》は無理《むり》かもしれないわね」

あの日以来《ひいらい》、母《はは》は亜月《あつき》に勉強《べんきょう》を強要《きょうよう》しなくなった。母《はは》なりに気遣《きづか》っているのだろう。だがどこか悔《くや》しさをにじませた母《はは》の言葉《ことば》に、亜月《あつき》は言《い》った。

「あたし、医者《いしゃ》になるのあきらめるなんて、一言《ひとこと》も言《い》ってないけど？」

「え……？　亜月《あつき》……？」

「おーい、ただいま」

リビングから声《こえ》が聞《き》こえる。深夜《しんや》に救急《きゅうきゅう》で呼《よ》び出《だ》されていた父《ちち》が、帰《かえ》ってきたのだ。

「おかえりなさい、お父《とう》さん」

ドアに立《た》つ母《はは》の横《よこ》を通《とお》り過《す》ぎるようにして、亜月《あつき》がリビングに向《む》かう。少《すこ》しやつれた顔《かお》の父《ちち》が、ミネラルウオーターをコップに注《つ》いでいるところだった。疲《つか》れてはいるが、目《め》が生《い》き生《い》きしている。

「ああ、もう学校《がっこう》か？」

「うん。手術《しゅじゅつ》、上手《うま》くいった？」

「ああ、なんとかね。途中《とちゅう》で出血《しゅっけつ》がひどくなってね、止《と》まらなくなって大変《たいへん》だったよ」

「良《よ》かったね、助《たす》かって」

「うん。交通事故《こうつうじこ》の患者《かんじゃ》さんだったんだ。手術《しゅじゅつ》が終《お》わって、駆《か》けつけたご両親《りょうしん》に説明《せつめい》したら、泣《な》いてお礼《れい》を言《い》われたよ」

「みんな、誰《だれ》かの大切《たいせつ》な人《ひと》だもんね」

「そうだ。だから、何《なに》が何《なん》でも、助《たす》けなきゃならないんだ」

「うん」

みんな誰《だれ》かの親《おや》であり、子供《こども》であり、親友《しんゆう》であり……すごくすごく、大切《たいせつ》な人《ひと》。

絶対《ぜったい》、助《たす》けたい……だから、絶対《ぜったい》、医者《いしゃ》になりたい。

もし浦一理数科《うらいちりすうか》に受《う》からなくて、医学部《いがくぶ》に落《お》ちたとしても、また次《つぎ》がある。

それがだめでも、また次《つぎ》がある。

どんなに寄《よ》り道《みち》しても、必《かなら》ず医者《いしゃ》にたどり着《つ》いてみせる。

失敗《しっぱい》は、きっと乗《の》り越《こ》えるために準備《じゅんび》されたひとつの道《みち》だ。苦《くる》しい思《おも》いをして、それでも強《つよ》い気持《きも》ちで頑張《がんば》って、成長《せいちょう》するための。

もう亜月《あつき》には、怖《こわ》いものはなかった。

成績《せいせき》がどうであろうと、テストがどうであろうと、亜月《あつき》にはもっと遠《とお》くに、はっきりした目標《もくひょう》が見《み》えているから。

「あら、もうこんな時間《じかん》！」

リビングに戻《もど》ってきた母《はは》が、あわててダイニングに駆《か》け込《こ》む。

「亜月《あつき》、早《はや》く食《た》べて！　学校遅《がっこうおく》れるわよ！」

「あ、はい！」

亜月《あつき》もあわててテーブルに着《つ》く。今日《きょう》は、絶対遅刻《ぜったいちこく》したくないのだ。

今日《きょう》は、今《いま》まで入院《にゅういん》して休《やす》んでいた芽衣《めい》が、登校《とうこう》してくる日《ひ》だった。


クラスは、いつもと変《か》わりなかった。

クラスメートたちは教室《きょうしつ》で自分《じぶん》の席《せき》に着《つ》き、各々予習《おのおのよしゅう》や受験用問題集《じゅけんようもんだいしゅう》をしている。さざ波程度《なみていど》のざわめきの中《なか》、やはり気《き》の抜《ぬ》けない緊張感《きんちょうかん》が漂《ただよ》っている。

校門前《こうもんまえ》での交通事故《こうつうじこ》と、女子《じょし》による乱闘騒《らんとうさわ》ぎが問題《もんだい》になったのだ。下手《へた》したら、マスコミ沙汰《ざた》にもなりかねない問題《もんだい》だったため、学校側《がっこうがわ》は厳《きび》しく生徒《せいと》たちの指導《しどう》に当《あ》たった。教育委員会《きょういくいいんかい》の手前《てまえ》、「いじめなどない」という大前提《だいぜんてい》のもと、「今度《こんど》このような騒《さわ》ぎがあった場合《ばあい》、問題行動《もんだいこうどう》を起《お》こした生徒《せいと》の内申書《ないしんしょ》に大《おお》きく影響《えいきょう》しかねないことを、きちんと頭《あたま》に入《い》れておくように」と釘《くぎ》を刺《さ》したのだ。

クラスからは、芽衣《めい》へのいじめのムードは一切《いっさい》なくなっていた。

というより、むしろ、そんなことはなかったことにしたい雰囲気《ふんいき》が漂《ただよ》っている。

いったん持《も》たれてしまった悪印象《あくいんしょう》を、なんとしてでもくつがえしたいのだ。受験《じゅけん》まで、超優等生《ちょうゆうとうせい》になりきるしかない。

静《しず》かなクラスに、松葉《まつば》づえをつく音《おと》が近《ちか》づいてくる。

その音《おと》に、皆《みな》が静《しず》まり返《かえ》る。

いじめのターゲットだった芽衣《めい》。どんな風《ふう》に接《せっ》すればいい？　今更《いまさら》、友達面《ともだちづら》なんて、出《で》来《き》やしない。もうこの際《さい》は、見《み》て見《み》ぬ振《ふ》りして……いや、でもそんなことしたら、シカトしたとか、またいじめと捉《とら》えられかねないし……でも、なんて言《い》えばいい？　あれだけひどいことしてたのに、来《き》た途端《とたん》「おはよー！」なんて、今更言《いまさらい》えないし……でも、内心的《ないしんてき》には、それが一番効果的《いちばんこうかてき》ではあるから……。

クラスの空気《くうき》が困惑《こんわく》と戸惑《とまど》いで重《おも》く乱《みだ》れる。そんななか、教室《きょうしつ》の扉《とびら》が開《あ》き、芽衣《めい》が入《はい》ってきた。

クラスの空気《くうき》が固《かた》まる。すると、それを打《う》ち砕《くだ》くように、

「おはよう！」

元気《げんき》な声《こえ》が、教室中《きょうしつじゅう》に響《ひび》き渡《わた》った。亜月《あつき》は勢《いきお》いよく自分《じぶん》の席《せき》から立《た》ち上《あ》がると、芽衣《めい》の方《ほう》に駆《か》け寄《よ》った。

「大丈夫《だいじょうぶ》？　学校《がっこう》の階段《かいだん》、大変《たいへん》じゃなかった？」

「大丈夫《だいじょうぶ》だったよ。うち、アパートの二階《にかい》だから、つえで階段上《かいだんのぼ》り下《お》りするの慣《な》れてるんだ」

「そうなの？　すごいね」

笑《わら》いながら芽衣《めい》のカバンを受《う》け取《と》り、机《つくえ》の横《よこ》にかける。つえを机《つくえ》に立《た》て掛《か》けるのも、手《て》伝《つだ》ってやる。

その時《とき》、朝《あさ》のホームルームのために、担任教師《たんにんきょうし》が入《はい》ってきた。

「お？　加藤《かとう》が手伝《てつだ》ってくれてるか。良《よ》かったな、草野《くさの》」

ハイ、と答《こた》え、芽衣《めい》と亜月《あつき》は顔《かお》を見合《みあ》わせて笑《わら》った。

「……何《なに》、あれ」

担任教師《たんにんきょうし》の話《はなし》の下《した》を潜《もぐ》るように、ヒソヒソ話《ばなし》が交《か》わされる。

「加藤《かとう》、いい子《こ》ぶって」

「結局《けっきょく》、加藤《かとう》も内申《ないしん》欲《ほ》しいんじゃんね」

そう話《はな》す麻友美《まゆみ》たちの声《こえ》が聞《き》こえてきそうだった。

なんとでも言《い》え。
亜月《あつき》は、心《こころ》の底《そこ》で思《おも》った。
あんたたちも、いつか気付《きづ》くといいね。
本当《ほんとう》に大切《たいせつ》なものに、点数《てんすう》なんていらないってこと。

おわり

★小学館ジュニア文庫★ ワクワク、ドキドキがいっぱいのラインナップ

〈おなじみ！ 大人気まんが原作シリーズ〉

あやかし緋扇～八百比丘尼　永遠の涙～
あやかし緋扇～夢幻のまほろば～
いじめ―いつわりの楽園―
いじめ―学校という名の戦場―
いじめ―引き裂かれた友情―
いじめ―過去へのエール―
いじめ―うつろな絆―
いじめ―友だちという鎖―
エリートジャック!!　めざせ、ミラクル大逆転!!
エリートジャック!!　ミラクルガールは止まらない!!
エリートジャック!!　相川ユリアに学ぶ 毎日が絶対ハッピーになる100の名言
エリートジャック!!　ミラクルチャンスをつかまえろ!!

オオカミ少年♥こひつじ少女　わくわく♪どうぶつワンだーらんど！
オオカミ少年♥こひつじ少女　お散歩は冒険のはじまり
オレ様キングダム―red―
オレ様キングダム―blue―
カノジョは嘘を愛しすぎてる
キミは宙のすべて―たったひとつの星―
キミは宙のすべて―ヒロインは眠れない―
キミは宙のすべて―君のためにできること―
キミは宙のすべて―宙いっぱいの愛をこめて―
今日、恋をはじめます
小林が可愛すぎてツライっ!!　放課後が過激すぎてヤバイっ!!
小林が可愛すぎてツライっ!!　好きが加速しすぎてパないっ!!

12歳。～だけど、すきだから～
12歳。～てんこうせい～
12歳。～きみのとなり～
12歳。～そして、みらい～
12歳。～おとなでも、こどもでも～
ショコラの魔法～ダックワーズショコラ　記憶の迷路～
ショコラの魔法～クラシックショコラ　失われた物語～
ショコラの魔法～イスパハン　薔薇の恋～
ショコラの魔法～ショコラスコーン　氷呪の学園～
ショコラの魔法～ジンジャーマカロン　真昼の夢～
シークレットガールズ
シークレットガールズ　アイドル危機一髪

Shogakukan Junior Bunko

★小学館ジュニア文庫★
いじめ —行き止まりの季節—

2015年11月 2 日　初版第1刷発行

著者／武内昌美
原案・イラスト／五十嵐かおる

発行者／細川祐司
印刷・製本／加藤製版印刷株式会社
デザイン／積山友美子
編集／稲垣奈穂子

発行所／株式会社　小学館
〒101-8001　東京都千代田区一ツ橋2－3－1
電話　編集　03-3230-5105
販売　03-5281-3555

Printed in Japan　ISBN 978-4-09-230833-6

★「小学館ジュニア文庫」を読んでいるみなさんへ★

この本《ほん》の背《せ》にあるクローバーのマークに気《き》がつきましたか？

オレンジ、緑《みどり》、青《あお》、赤《あか》に彩《いろど》られた四《よ》つ葉《ば》のクローバー。これは、小学館《しょうがくかん》ジュニア文庫《ぶんこ》のマークです。そして、それぞれの葉《は》の色《いろ》には、私《わたし》たちがジュニア文庫《ぶんこ》を刊行《かんこう》していく上《うえ》で、みなさんに伝《つた》えていきたいこと、私《わたし》たちの大切《たいせつ》な思《おも》いがこめられています。

オレンジは愛《あい》。家族《かぞく》、友達《ともだち》、恋人《こいびと》。みなさんの大切《たいせつ》な人《ひと》たちを思《おも》う気持《きも》ち。まるでオレンジ色《いろ》の太陽《たいよう》の日差《ひざ》しのように心《こころ》を暖《あたた》かにする、人《ひと》を愛《あい》する気持《きも》ち。

緑《みどり》はやさしさ。困《こま》っている人《ひと》や立場《たちば》の弱《よわ》い人《ひと》、小《ちい》さな動物《どうぶつ》の命《いのち》に手《て》をさしのべるやさしさ。緑《みどり》の森《もり》は、多《おお》くの木々《きぎ》や花々《はなばな》、そこに生《い》きる動物《どうぶつ》をやさしく包《つつ》み込《こ》みます。

青《あお》は想像力《そうぞうりょく》。芸術《げいじゅつ》や新《あたら》しいものを生《う》み出《だ》していく力《ちから》。立場《たちば》や考《かんが》え方《かた》、国籍《こくせき》、自分《じぶん》とは違《ちが》う人《ひと》たちの気持《きも》ちを思《おも》い、協力《きょうりょく》しあうことも想像《そうぞう》の力《ちから》です。人間《にんげん》の想像力《そうぞうりょく》は無限《むげん》の広《ひろ》がりを持《も》っています。まるで、どこまでも続《つづ》く、澄《す》みきった青《あお》い空《そら》のようです。

赤《あか》は勇気《ゆうき》。強《つよ》いものに立《た》ち向《む》かい、間違《まちが》ったことをただす気持《きも》ち。くじけそうな自分《じぶん》の弱《よわ》い気持《きも》ちに立《た》ち向《む》かうことも大《おお》きな勇気《ゆうき》です。まさにそれは、赤《あか》い炎《ほのお》のように熱《あつ》く燃《も》え上《あ》がる心《こころ》。

四《よ》つ葉《ば》のクローバーは幸《しあわ》せの象徴《しょうちょう》です。愛《あい》、やさしさ、想像力《そうぞうりょく》、勇気《ゆうき》は、みなさんが未来《みらい》を切《き》りひらき、幸《しあわ》せで豊《ゆた》かな人生《じんせい》を送《おく》るためにすべて必要《ひつよう》なものです。

体《からだ》を成長《せいちょう》させていくために、栄養《えいよう》のある食《た》べ物《もの》が必要《ひつよう》なように、心《こころ》を育《そだ》てていくためには読書《どくしょ》がかかせません。みなさんの心《こころ》を豊《ゆた》かにしていく本《ほん》を一冊《いっさつ》でも多《おお》く出《だ》したい。それが私《わたし》たちジュニア文庫編集部《ぶんこへんしゅうぶ》の願《ねが》いです。

みなさんのこれからの人生《じんせい》には、困《こま》ったこと、悲《かな》しいこと、自分《じぶん》の思《おも》うようにいかないことも待《ま》ち受《う》けているかもしれません。どうか「本《ほん》」を大切《たいせつ》な友達《ともだち》にしてください。どんな時《とき》でも「本《ほん》」はあなたの味方《みかた》です。そして困難《こんなん》に打《う》ち勝《か》つヒントをたくさん与《あた》えてくれるでしょう。みなさんが「本《ほん》」を通《つう》じ素敵《すてき》な大人《おとな》になり、幸《しあわ》せで実《みの》り多《おお》い人生《じんせい》を歩《あゆ》むことを心《こころ》より願《ねが》っています。

小学館ジュニア文庫編集部

第3回小学館ジュニア文庫小説賞✿募集中！

小学館ジュニア文庫での出版を前提とした小説賞です。
募集するのは、恋愛、ファンタジー、ミステリー、ホラーなど。
小学生の子どもたちがドキドキしたり、ワクワクしたり、
ハラハラできるようなエンタテインメント作品です。

未発表、未投稿のオリジナル作品に限ります。未完の作品は選考対象外となります。

〈選考委員〉

★小学館ジュニア文庫★編集部　ちゃお編集部　コロコロコミック編集部

〈応募期間〉

2015年12月14日（月）～2016年2月15日（月）
※当日消印有効

〈賞　金〉

[大賞]……正賞の盾ならびに副賞の50万円
[金賞]……正賞の賞状ならびに副賞の20万円

〈応募先〉

〒101−8001 東京都千代田区一ツ橋2−3−1
小学館　「ジュニア文庫小説賞」事務局

〈要項〉

★原稿枚数★　1枚40字×28行で、50～80枚。A4サイズ用紙を横位置にして、縦書きでプリントアウトしてください（感熱紙不可）。

★応募原稿★　●1枚めに、タイトルとペンネーム（ペンネームを使用しない場合は本名）を明記してください。●2枚めに、本名、ペンネーム、年齢、性別、職業（学年）、郵便番号、住所、電話番号、小説賞への応募履歴、小学館ジュニア文庫に応募した理由をお書きください。●3枚めに、800字程度のあらすじ（結末まで書かれた内容がわかるもの）をお書きください。●4枚め以降が原稿となります。

〈応募上の注意〉

●独立した作品であれば、一人で何作応募してもかまいません。●同一作品による、ほかの文学賞への二重投稿は認められません。●出版権、映像化権、および二次使用権など入選作に発生する著作権（著作権法第27条及び第28条の権利を含む）は小学館に帰属します。●応募原稿は返却できません。●選考に関するお問い合わせには応じられません。●ご提供頂いた個人情報は、本募集での目的以外には使用いたしません。受賞者のみ、ペンネーム、都道府県、年齢を公表します。●第三者の権利を侵害した作品（著作権侵害、名誉毀損、プライバシー侵害など）は無効となり、権利侵害により損害が生じた場合には応募者の責任にて解決するものとします。●応募規定に違反している原稿は、選考対象外となります。

★発表★　「ちゃおランド」ホームページにて（http://www.ciao.shogakukan.co.jp/bunko/）

Shogakukan Junior Bunko